Der Autor war u.A. drei Jahrzehnte Nachrichtenredakteur, darunter sieben Jahre Korrespondent in Rom. 2012 erschien sein Buch „Tango Tenebrista. Ein Schmöker zum dramatischen Helldunkel von Tango Argentino, Sex & Crime", 2014 der Roman „Tango up & down".

Timm Maximilian Hirscher

Tödliches Tangotreiben

Die wahre Geschichte der „Freiburger Vampirmorde"

Herausgegeben von Paula Nalec

Herstellung und Verlag:
BoD – Books on Demand, Norderstedt
ISBN 978-3-7347-5853-9

Inhalt

Einführung

*„Früher war der Tango eine orgiastische Teufelei; heute ist er eine Art zu schreiten."**

Das schrieb der argentinische Dichter Jorge Luis Borges vor bald einem Jahrhundert. Aber vielleicht gibt es ja so etwas wie „ewige Wiederkehr"...

Dass ich jetzt das Buch „Tödliches Tangotreiben" herausgebe (den sensationsgeileren Titel „Tango für einen Vampir" oder „Vampir-Tango" konnte ich dem Verlag ausreden), anstatt dass ich die Filmkomödie „Morbus Tango" der Öffentlichkeit vorstelle, hat seinen blutigen Grund. Die Medien haben über die Mordfälle und den Abbruch des Filmprojekts ausgiebig berichtet, und ich will mir eine Wiederholung ersparen. Damals blieb die Wahrheit, wie so oft, ziemlich auf der Strecke. Das gewaltsame Ende einiger Menschen ist polizeikundlich. Was die berühmt-berüchtigten sogenannten Freiburger Vampirmorde betrifft, gehen darüber die Berichte und die Meinungen auseinander. Die Leserinnen mögen aus dem vorliegenden Material selbst entscheiden, ob hier das Werk eines „Vampirs" vorliegt oder einfach das eines kranken Gehirns.

Das hier veröffentlichte Tagebuch, das der Autor während der Dreharbeiten führte, ist jetzt endlich von der Staatsanwaltschaft zur Veröffentlichung freigegeben und kann für interessierte Leserinnen neues Licht auf die traurigen und unheimlichen Vorgänge werfen, die sich während der Dreharbeiten in Freiburg abspielten.

---

* Borges,J.L., Kabbala und Tango, Frankfurt 1991, Fischer Taschenbuch 10578, S.104

Noch immer kann ich es nicht fassen, dass aus einer Liebeskomödie, die unser Film werden sollte, eine Tragödie wurde. Ich will darüber keine weiteren Worte verlieren. Zum besseren Verständnis nur das:

1. Es war des Autors erstes und leider auch einziges Drehbuch, und er war zum ersten Mal bei Filmarbeiten dabei. Er war neugierig, was da vor sich geht, und ich konnte ihn vor Ort gebrauchen, als sich die Notwendigkeit ergab, einige Szenen zu ändern. Auch war er mir als jemand, der nicht Tango Argentino tanzt, mit Tipps bei den Tanzszenen nützlich. Manche Bemerkungen zur Filmarbeit zeigen, dass der Autor wenig Ahnung vom Filmemachen hatte.

2. Das Tagebuch zur Verfilmung des Drehbuchs „Morbus Tango", so der Arbeitstitel, ist naturgemäß ein Fragment. Tote beenden keine Tagebücher. Ich habe als Herausgeberin am Ende nur kurz und nüchtern ein paar Angaben für diejenigen hinzugefügt, die den Fall nicht intensiv aus den Medien kennen. Zugleich will ich damit einen Schlusspunkt zu den so abrupt abbrechenden Aufzeichnungen liefern.

3. Das Filmdrehbuch ist im Anhang so abgedruckt, wie es mir der Autor damals übergab. Für die Dreharbeiten wurden einige Szenen geändert, Dialoge teilweise gekürzt und der Auswärtstermin aus Kostengründen von Paris nach Berlin verlegt. Zu diesen Aufnahmen in Berlin kam es dann der Umstände wegen nicht mehr.

Unser Filmprojekt „Morbus Tango" ist leider ein Torso

geblieben. Vielleicht findet sich ja einmal ein Geldgeber, der eine Neuverfilmung des Drehbuchs ermöglicht. Es gibt derzeit Überlegungen mit Verantwortlichen einer öffentlich-rechtlichen Fernsehanstalt, das bestehende Filmmaterial zu einer Fernsehdokumentation über die tragischen Ereignisse zu verwenden. Doch kann ich jetzt schon sagen: Filmaufnahmen eines „Vampirs" werden nicht zu sehen sein, wenn es zu diesem Projekt kommen sollte.

Paula Nalec

Das Tagebuch

Montag, 1. August

Himmlisch diese Rebekka Kant! Dieser Schauspielerin habe ich die Rolle der Peggy wohl unbewusst auf den Leib geschrieben.

Heute war in Freiburg der erste Drehtag zum Film „Morbus Tango".* Alles neu für mich, der ich bisher pubertären Mädchen und Jungs „Werthers Leiden" näher zu bringen versuchte oder sie im Englischunterricht durch „Animal Farm" getrieben habe. Von der Schule als frisch gebackener Pensionär direkt zum Film ! Natürlich nur als geduldeter Beobachter im Hintergrund, geduldet, weil er vor Jahren während einer von Ärzten verordneten Zwangspause ein Drehbuch geschrieben hat, das tatsächlich jetzt verfilmt wird.

Da stand ich heute Morgen also am Filmset und war fasziniert von Rebekka/Peggy**. Schade, dass sie nicht 20 Jahre älter ist. Ich hätte mich um sie bemüht. Aber als frischgebackener Senior will ich mich nicht lächerlich machen. Auch habe ich nach 35 Jahren Schuldienst genug von flapsigem jungem Gemüse, das ich neben dem Deutsch- und Englischunterricht auch noch groß ziehen sollte, weil die Eltern offensichtlich als Gärt-

---

* Siehe dazu im Anhang das erste Bild des Drehbuchs. An den folgenden Tagen wurden die weiteren Backshop-Szenen gedreht(die Herausgeberin).
** Der Tagebuchschreiber setzt hier und in der Folge bei den Schauspielern/innen hinter den bürgerlichen Namen oft auch den Filmnamen (die Herausgeberin).

ner und Gärtnerinnen versagt haben. Na ja, Rebekka Kant ist natürlich kein Teenager mehr, aber sie ist jung und lebendig, von einer Schlagfertigkeit und Spitzbübigkeit – eben die ideale Peggy. Bin gespannt wie die Schauspielerin die Doppelbödigkeit ihrer Filmrolle herüberbringt, nachdem Peggy erfahren hat, dass über ihr das Damoklesschwert Aids schwebt.

Dienstag, 2. August

Am gestrigen Abend gab es noch im Tanzsportzentrum in der Markgrafenstraße ein erstes „Tanztreffen". Da die Sache nicht angekündigt war, fanden wir wie öfters nur ein paar Tangopaare an, die die Trainingsmöglichkeit nutzten. Auch der DJ wusste nichts von dem Besuch der Filmcrew. Regisseurin Paul Nalec und der Produzent Franz Kant, der Ehemann unserer Hauptdarstellerin, luden mich dazu ein, weil ich Tango-Tänzer bin (fortgeschrittener Anfänger).
Von den Schauspielern kamen neben Rebekka noch ihr Filmpartner Heiner Schweiger und Dietlinde Maier, die Peggys Sekretärin Wanda spielt. Auch Kameramann Klaus Tauber war dabei und machte Aufnahmen mit einer kleinen Digitalkamera.
Die drei Schauspieler hatten sich im Vorfeld der Filmarbeiten auf den Tango Argentino vorbereiten sollen. Dietlinde/Wanda, ein paar Jahre jünger als ich, war gleich bereit mit mir zu tanzen. Sie tanzte wunderbar leicht; ich merkte gleich, dass sie keine Anfängerin mehr ist, ja mir sogar einiges voraus hatte an tänzerischer Fähigkeit. Später erzählte sie mir, dass sie schon seit vielen Jahren Tanguera sei.
Dann sollten Rebecca/Peggy und Heinrich/Felix tan-

zen. Sollten! Es war eine Katastrophe, vielmehr unser Protagonist war eine Katastrophe. Er hatte keine Ahnung vom Tango Argentino, sondern kramte möglicherweise seine Schüler-Tanzschul-Tango-Kenntnisse hervor und hoppelte über das Parkett. Der Produzent tobte (scheint ein cholerischer Typ zu sein), während die Regisseurin nur verzweifelt den Kopf schüttelte. Dabei soll Felix im Film der große Tangotänzer sein!

Jetzt forderte der Produzent seine Frau auf, mit mir zu tanzen, und es zeigte sich, dass Rebecca Kant eine begabte Anfängerin ist. Sie hatte einige Einzelstunden genommen und offensichtlich intensiv Vorwärts- und Rückwärtsochos geübt, auch wenn sie ab und zu noch mit dem freien Fuß schlenkert, anstatt ihn an den Fuß des Standbeins heranzuführen und beide Füße gemeinsam zu drehen. Meine Tanzpartnerin ließ sich problemlos ins Kreuz führen. Es lag also eindeutig an Heinrich/Felix, dass es vorher so schief ging.

Produzent Kant verdonnerte unseren Hauptdarsteller dazu, dass er in den nächsten Tagen nach den Dreharbeiten Tangoeinzelstunden nehmen muss. Es sei schließlich sein, Franz Kants Geld, das hier auf dem Spiel stehe.

Mir kam das ganze etwas Spanisch vor, denn Heinrich/Felix grinste einfach unverschämt, ohne sich zu verteidigen. Der große schlanke Mann mit seinem Blondschopf stand da und schaute seine Filmpartnerin, die ja die Frau des Produzenten ist, herausfordernd an, so, als wolle er sie nicht ins Kreuz führen, sondern aufs Kreuz legen. Aber bevor ich mir darüber groß den Kopf zerbrechen konnte, forderte mich Dietlinde/Wanda auf, mit ihr weiter zu tanzen. Mit jedem Tango und Vals, mit jeder Milonga machte es uns beiden mehr Spaß.

Die anderen von Filmteam waren wieder gegangen, während Dietlinde/Wanda und ich uns bis Mitternacht vergnügten mit einem immer dialogischeren Tangotanz.

Ich brachte meine Tanzpartnerin dann im Auto zu ihrem Hotel, wo sie sich nicht nur mit dem üblichen Wangenküsschen verabschiedete. Aber wie kann ich bei einer Schauspielerin wissen, was bei einem richtigen Kuss gespielt ist oder nicht?

Mittwoch, 3. August

Die Filmaufnahmen gehen weiter. Ich versuche, niemandem im Wege zu stehen. Für die Hauptdarsteller mag der Filmberuf ja spannend sein, aber für die Statisten? Eher langweilig, denke ich. Zwar will ich bei den Tanzszenen auch als Statist mitwirken, gratis natürlich, aber da kann ich ja tanzen.

Ich muss gestehen, dass Heinrich als Felix ebenfalls eine gute Besetzung ist – vom Tango mal abgesehen. Vor der Kamera legt er sein manchmal phlegmatisches, dann wieder zynisches Betragen ab und korrespondiert toll mit Rebecca/Peggy. Beide sprühen Funken – nicht zuletzt mit meinen Dialogen (das sage nicht ich, sondern sagte die Regisseurin in einer Pause zu mir).

Morgen Abend findet im Tanzsportzentrum ein Casting statt. In der Presse wurden Tangotänzer/innen zum Kommen aufgerufen. Viel verdient man als Statist zwar nicht, doch denke ich, dass viele Tangueros und Tangueras aus reiner Neugier kommen werden. Die Regisseurin wird mit dem engagierten Tanzlehrerpaar die Kandidaten und Kandidatinnen mustern. Und ich werde kiebitzen.

Freitag, 5. August

Wie erwartet sah ich beim Casting viele bekannte Gesichter aus der Freiburger Tangoszene. Auch Franzosen und Schweizer waren darunter. Gekommen waren aber auch viele mir unbekannte Tänzer, wobei mir einer besonders auffiel. Er war schlank und groß, in schwarzem Anzug zum schwarzen Haar, mit bleichem Gesicht, und er tanzte sehr gekonnt, doch irgendwie mit einer adligen Arroganz.

Es zeigte sich, dass viele der mir unbekannten Leute praktisch nicht tanzen konnten. Sie hatten wohl nur YouTube geschaut – und wurden schnell ausgesondert und nach Hause geschickt. Ein paar Mal sprang ich ein und tanzte, so etwa mit der Studentin Annamaria, die ich von Milongas kenne. Sie schien mir heute etwas irritiert. In einer Pause erzählte sie mir, sie habe mit einem Mann getanzt, der ungeheuer präzise führe, aber an seiner Brust sei es ihr wie ein Frostschauer durch den Körper gegangen. Oder sagte sie Liebesschauer? Nein, nein: Frostschauer. Annamaria machte mich dann auf jemanden aufmerksam, der am anderen Ende des Tanzsaals stand, doch auch auf diese Entfernung erkannte ich ihn. Sie hatte ihn mir als den „Bleichen" beschrieben, und es war der Unbekannte, der mir aufgefallen war. Aber Mädchen und junge Frauen sind ja so leicht zu beeindrucken! (Nicht von mir, nein, aber von gewissen Männern).

Das ganze Auswahlverfahren zog sich ziemlich hin, so dass ich schon gehen wollte, als Dietlinde/Wanda auftauchte. Ihr war es wohl im Hotel langweilig geworden. Wir tanzten wieder miteinander, und mir wurde – Brust an Busen – warm. Am Ende lud sie mich zu einem Glas

Wein ein. Oder lud ich sie zu einem Glas Wein ein? Egal, wir fuhren zu mir und meinem Kaiserstühler. Und nach dem zweiten Glas kuschelte sich Dietlinde/Wanda an mich und begründete dies damit, sie brauche Wärme, nachdem sie zuvor im Tanzsportzentrum mit so einem „frostigen" Typ getanzt habe. Zuerst bezog ich das „frostig" auf meine zurückhaltende schüchterne Art. Da lachte sie mich aus und küsste mich und klärte mich auf, dass es sich um einen Casting-Tänzer handle, und sie beschrieb den - „Bleichen". Versteh einer die Frauen! Ich muss mir den Mann beim nächsten Mal, wenn es denn das geben sollte, doch einmal genauer ansehen.

PS: Später ließ mich Dietlinde/Wanda ein Taxi rufen, das sie in ihr Hotel brachte. Ich hatte zu viel Wein getrunken, um sie zu fahren.

Samstag, 6. August

Ich sah den „Bleichen" erneut. Angeblich soll er Branko Stocker heißen. Er stand bei der Wiehre-Milonga in einer dunklen Ecke der Bahnhofshalle, als ich ihn entdeckte. Zugegeben, es war auf den ersten Blick eine leicht gruselige Gestalt. Beim Tanzen führte ich meine Tänzerin mehrmals in die Nähe des Mannes. Die Bleiche des Gesichts war aber möglicherweise einfach auf die schummrige Beleuchtung zurückzuführen. Oder war er geschminkt?
Irgendwann sah ich ihn auch mit Dietlinde/Wanda tanzen. Mir fiel das auf, weil sie mich vorher noch nicht einmal gegrüßt hatte. Dieser Branko, den Namen hat mir später auch die Schauspielerin genannt, als wir

über den Fremden sprachen, machte keine spektakulären Tangofiguren, sondern er schritt fast nur. Allerdings dies mit großer Variabilität, mal kurze, mal lange Schritte, mal langsame, mal schnelle. Und das alles korrespondierte mit der jeweiligen Tangomusik. Immer wieder auch spannungsvolles Innehalten. Kompliment, „Bleicher"!

Als ich mit Dietlinde/Wanda tanzte, bestätigte sie mir meine Beobachtung. Er tanze wie ein alter Tanguero aus Buenos Aires. Dabei war sie noch nie in Argentinien gewesen! Aber so richtig klar sehe sie bei diesem Branko nicht. Er strahle eine „spannende Kühle" aus. Was immer das heißen soll. Jedenfalls verkniff ich mir die unfaire Übersetzung: Wie einer aus der Gruft.

Kurz vor ein Uhr nachts kam Dietlinde/Wanda, die inzwischen mit vielen anderen Männern getanzt hatte, auf mich zu und erinnerte mich daran, dass ich ihr die letzten drei Tangos versprochen hätte. Zwar hatte ich nichts dergleichen gesagt, aber wer wird eine bekannte Schauspielerin enttäuschen wollen? Wir tanzten, und ich sah aus dem Augenwinkel, dass der „Bleiche" die Studentin Annamaria in den Armen hatte. Doch kümmerte ich mich nicht mehr darum, als sich beim letzten Schmusetango Dietlinde/Wanda so um mich kümmerte, dass ein vom Tango Argentino unbeleckter Zuschauer wohl hätte fragen können, warum das im Stehen gemacht wird.
Ich setzte die Schauspielerin dann wieder vor ihrem Hotel ab. Sie küsste mich, flüsterte „Wer weiß..." und stieg aus. Was für eine Inszenierung!

Sonntag, 7. August

Die Dreharbeiten ruhen am Sonntag, so dass ich am Vormittag bei einem Cappuccino an meinem Schreibtisch sitze und die seltsame Geschichte vom Vorabend aufschreiben kann. Am Samstagabend war, sozusagen vor der Sommerpause, noch einmal eine Milonga im Schwarzen Kloster. Von der Filmcrew war ich, wenn ich mich einmal dazurechnen darf, als einziger vertreten. Aber eine große Zahl derer, die beim Casting dabei gewesen waren, tauchten auf, sofern sie nicht schon in den Ferien auf den Malediven oder in der Karibik Tauchkurse machten.

Annamaria (sie verkörpert für mich Senior in ihrer blühenden Frische jugendliches Leben) tanzte mit mir im kühleren kleinen Saal einige Tango Nuevos und Non-Tangos. Später sah ich, wie sie im großen Saal mit dem „Bleichen", den ich vorher gar nicht bemerkt hatte, zu klassischer Tangomusik schritt. Ein seltsames Paar: das blühende Leben und... Ich habe abgebrochen, denn ich wollte schon einen großen Unsinn schreiben. Cool bleiben, wie meine Schüler früher immer sagten. Ich blieb bis zum Ende der Milonga, war einer der letzten, die aus dem Gebäude traten. Da sah ich schräg gegenüber dem Eingang jemanden in der Häuserecke kauern. Ich wollte vorbeigehen; dann glaubte ich zu hören, dass aus der Ecke mein Name gerufen wurde. Ich zauderte erst, doch dann ging ich hin. Da saß ein Häufchen Elend und weinte. Es war Annamaria. Ich beugte mich zu ihr hinunter und zog sie sanft hoch, bis sie stand, mir die Arme um den Hals schlang, sich festhielt und schluchzte. Was war passiert? Sie fragte nur flüsternd, ob ich sie nach Hause begleiten könne, sie wohne fünf Minuten von hier in der Sedanstraße. Auf mich gestützt brachte ich sie dorthin, wobei es mindestens 15 Minuten dauerte, weil sie so langsam Fuß vor Fuß setzte. Dann ging es in eine winzige Dachwohnung hinauf, wohin ich die Studentin fast tragen musste. Sie schaffte es kaum, mit ihren zitternden Händen den Schlüssel in die Wohnungstür zu stecken. Bei der Haustür hatte ich ihr den Schlüssel aus der Hand genommen und aufgeschlossen.

Da saß sie nun mit verweinter Wimperntusche auf dem Sofa, das ihr offenbar auch als Bett diente. Was war nur geschehen? Nach und nach erfuhr ich dann die Geschichte, die sie stockend erzählte. Sie hatte mit Branko, dem „Bleichen" getanzt, war, wie sie sagte, hin- und hergerissen zwischen Begierde und Widerwillen, verließ dann aber die Milonga mit dem Mann, „der fast eine hypnotische Kraft auf mich ausübt", wie sie sagte. Unten hätten sie sich in der dunklen Ecke geküsst – und er habe sie in den Hals gebissen.

Ich glaube, dass ich die Studentin ziemlich ungläubig anstarrte. Da schlug sie den Kragen ihrer Bluse herunter. Was sie mir zeigte, erschien mir eher wie ein großer Knutschfleck. Aber beim genaueren Hinsehen schien es doch eine Bisswunde zu sein. Natürlich verkniff ich mir die Bemerkung, dass bei Liebesspielen so etwas durchaus vorkommt (die Literatur ist voll davon), und ich verkniff mir auch den Ratschlag, beim nächsten Mal zurückzubeißen. Ich versuchte sie mit vermutlich wenig intelligenten Worten zu trösten. Doch Annamaria unterbrach mich, dass ich nichts verstehe. Aber das könne ich auch nicht. Und dann brach es aus ihr heraus: „Ich bin HIV-positiv! Mein Blut...!"

Das war wirklich ein Schock! Ich zögerte einen Augenblick, dann aber nahm ich sie in die Arme und schwieg einfach. Dabei raste es in meinem Kopf, und zuletzt fiel mir auch noch die Dublette, ich will mal so sagen, mit meinem Drehbuch ein.*

Irgendwann löste sich Annamaria aus meinen Armen und sagte: „Und wenn er sich ansteckt? Wie konnte ich wissen..." Ich versuchte, sie zu beruhigen. Es war ja nicht ihre Schuld, wirklich nicht. Aber fairerweise müsse man dem Kerl schon Bescheid geben, sagte ich. Das könne ich übernehmen, wenn sie wolle, falls ich den Mann wieder sehen sollte. Doch Annamaria meinte, das wäre dann schon

ihre Sache. Dann dankte sie mir und schickte mich nach

Hause. Ich sagte im Gehen, dass ich am späten Nachmittag nach ihr schauen werde, ob alles in Ordnung sei.

Beim Hinausgehen hörte ich sie sagen: „Und wenn er ein Vampir ist?" So verwirrt ist das arme Mädchen, dass ihr so unsinnige Gedanken kommen! Auf dem Heimweg kam mir dann der frivole Gedanke: Kann ein Vampir aidskrank werden? Auf jeden Fall kannte Dracula dieses Problem noch nicht.

Sonntagabend

Die arme Annamaria! Am späten Nachmittag schaute ich bei ihr vorbei und war geschockt. Als sie mir die

---

*Gemeint ist, dass laut Drehbuch Peggy erfährt, ihr Mann sei aidskrank. Vgl. Anhang, Bild 11 (die Herausgeberin).

Tür öffnete, dachte ich zuerst, sie habe sich weiß geschminkt, doch ihr bleiches, blutleeres Gesicht war echt. Sie legte sich sofort wieder auf ihre aufgeschlagene Couch, so schwach war das Mädchen. Das werde schon wieder vorbeigehen, meinte sie abwiegelnd auf meine besorgten Fragen.

Sie hatte den ganzen Tag noch nichts gegessen. Vielleicht daher der Schwächeanfall, der sie so anämisch aussehen ließ. Ich hatte Kuchen mitgebracht, machte in der Kochnische Tee und musste dann Annamaria fast zwingen, wenigstens ein Stück Kuchen zu essen. Sie sagte, sie habe gar keinen Appetit, aß am Ende aber brav auch das zweite Stück Kuchen, das ich eigentlich für mich gedacht hatte.

Aber eine richtige Stärkung schien Kuchen und Tee nicht gewesen zu sein. Offenbar war Annamaria durch den Vorfall vor dem Schwarzen Kloster traumatisiert. Ich habe die Arme vor diesem Ereignis nur flüchtig gekannt, eben wie jemanden, mit dem man ab und zu Tango tanzt, ein paar Worte wechselt und den man sympathisch findet. Sie hatte mir nie den Eindruck eines zurückhaltenden jungfräulichen Wesens gemacht, wobei ich das „jungfräulich" nicht biologisch meine. Die zudringlich-beißerische Art des „Bleichen" konnte es eigentlich nicht sein, was sie so erschüttert hat, glaube ich.

Annamaria wirkte irgendwie gehemmt, als ich sie auf die nächtliche Attacke ansprach. Wenn es denn eine war. Wer weiß, wie sie sich anfangs verhalten haben mag? Auf jeden Fall sprach sie dann von diesem Branko, der auch Dracula (ihre Worte!) heißen mochte. Der habe auch so eine edle Gestalt, zumindest in den alten Vampir-Filmen mit diesem... Christopher Lee als Darsteller, ergänzte ich. Vor Jahrzehnten hatte ich die Gestalt auch so romantisiert wie Annamaria. Der Dracula-Roman von Bram Stoker, die Filme mit Lee. Aber dann kam mir eine Erleuchtung: Ich sah zufällig im Fernsehen einem Film, in dem Dracula von dem Hollywoodschurken Jack Palance dargestellt wurde. Entscheidend waren ein paar Sekunden: Der Schauspieler mit seinem Fleischerhundegesicht bleckte die Reißzähne – und ich war von aller Romantik schlagartig geheilt. Ein Vampir ist nichts Anderes und nicht mehr als ein blutsaugendes seelenloses Untier, dem man wirklich nur einen Holzpfahl ins herzlose Herz hämmern sollte. Einmal abgesehen davon, dass es keine Vampire gibt.

Annamaria hatte mich bei meinen Ausführungen nur blass angeschaut. Als ich beteuerte, dass das ganze sentimentale Vampirzeug natürlich lauter Unsinn sei, so wie Werwölfe, erwachende Mumien usw., sagte sie nur leise: „Du magst ja Recht haben. Aber ich war wirklich wie hypnotisiert von ihm, von diesem Branko." Ein Schauer schüttelte sie, während sie mit der leeren Teetasse in der Hand auf der Bettcouch saß. Sie gab mir die Tasse, legte sich hin und zog die Decke bis ans Kinn. Ich beschwor sie, zum Arzt zu gehen, falls es ihr am nächsten Tag nicht wieder besser ginge. Für alle Fälle hinterließ ich ihr meine Telefon- und Handynummer.

Montag, 8. August

Am Filmset machte ich heute eine Dummheit. In einer Drehpause erzählte ich Dietlinde/Wanda von dem

22

gestrigen Vorfall. Ich hätte es mir denken können! Als ich Annamarias Dracula-Bemerkung erwähnte, lachte die Schaupielerin nicht etwa auf, nein, sie erinnerte sich an ihren „frostigen" Eindruck von diesem Branko. Dann sagte diese dumme Gans, beim nächsten Mal werde sie sich den Mann, den „Vampir" (dabei lachte sie) mal richtig zur Brust nehmen. Das sei ja richtig geil (ihr Wort). Ich war und bin noch immer sprachlos. Hätte ich doch nur meinen Mund gehalten.

In der Mittagspause setzte ich mich dann ein wenig zu Rebekka/Peggy, erwähnte aber, klüger geworden, die leidige Sache mit keinem Wort. Sie schien eifrig das Drehbuch zu studieren, mein Drehbuch dachte ich stolz, aber dann klärte mich die Schauspielerin auf: Sie studiert den Maya-Kalender. Ich war sprachlos. Erst Vampire, dann Maya-Kalender. Ob ich nicht wisse, fragte mich Rebekka/Peggy, dass die Maya-Priester für den 21. Dezember 2012 den Weltuntergang vorausgesagt hätten. Ich hielt es für unter meiner Würde sie zu korrigieren (es geht ja nicht um den Weltuntergang, sondern um das Ende eines angeblich vieljährigen Zyklus), starrte sie nur ungläubig an. Aber sie fuhr fort, eine Seherin in der Mongolei habe den Termin bestätigt. Ich fragte ironisch, ob sie das alles mit den Aussagen von Nostradamus, Cagliostro und Graf Dracula verglichen habe. Todernst fragte sie: „Machst du denn keinen Unterschied zwischen wirklichen Sehern und einer Phantasiegestalt wie Dracula?" Ich antwortete, dass es keinen großen Unterschied gebe zwischen einer Phantasiegestalt und Erzählern phantastischer Geschichten. Rebekka/Peggy widersprach entschieden. Sie könne nicht nachvollziehen, dass ich keinen Unterschied zwischen Sehern und einer Literaturfigur wie Dracula mache. Und weil erneut der Name Dracula fiel, verfiel ich doch in die Dummheit, die nächtliche Geschichte zu erzählen. Die Augen der Schauspielerin leuchteten auf. Sie sprang auf, rief „Mit dem will ich das nächste Mal auch tanzen", drückte mir den Hefter in die Hand und ging.

Jetzt war ich erst recht fassungslos. Wie in einem Irrenhaus! Ich schlug den Hefter auf. Nichts mit Maya-Kalender! Es waren Kochrezepte, obenauf das Rezept für Grüne Soße, das Goethes Mutter aus Frankfurt an ihren Sohn in Weimar geschickt hatte. Ich Trottel! Rebekka/Peggy hatte mich auf den Arm genommen. Ich hätte wissen müssen, dass sie nicht der Esoterik-Typ ist. Ob ich je lernen werde zu erkennen, wann eine Schauspielerin nur spielt?

Dienstag, 9. August

Stress am Filmset. Der Produzent und die Regisseurin stritten vor versammelter Mannschaft. Franz Kant drängt auf Einhalten der geplanten Aufnahmezeiten und wirft Paula Nalez vor, zu viele Klappen von einer Szene zu drehen, wobei, so der Produzent, die erste Aufnahme sich von der fünften oder zehnten praktisch nicht unterscheide. Auch am Drehbuch, also an mir, übte er plötzlich Kritik. Dabei hat er das Buch ja gekauft, um seiner Frau Rebekka eine „tolle Rolle" (so sagte er damals) zu sichern. Paula schaute ihn zunächst nur groß an und dachte sich wohl „Banause", dann aber platzte ihr der Kragen und sie schrie, dass sie für die künstlerische Gestaltung zuständig sei. Im Übrigen sei man ziemlich im Plan. Rebekka hielt sich klugerweise aus dem ganzen Streit heraus, sagte dann aber irgendwann mit umwerfenden Charm, sie würde jetzt gern weiter machen.

Später beruhigte mich Paula und sagte, dass dieser Theaterdonner, vielmehr Filmdonner zum Geschäft gehöre. Zwischen Geld und Kunst gebe es immer Spannungen. Kant sei eben der Kapitalist, der um sein Kapital fürchte. Die Regisseurin teilte meine Ansicht, dass Rebekka/Peggy großartig die Balance halte zwischen draufgängerischem Esprit und ihrer Verlorenheit angesichts der Aids-Gefahr.

Dann erzählte ich Paula die „Vampir"-Geschichte von Annamaria (ich kann einfach nicht meinen Mund halten) und wie Dietlinde und Rebekka darauf reagiert hätten. Die Regisseurin strafte mich mit einem Blick ab und meinte im Weggehen: „Spinnt ihr alle?" Sie hat ja Recht. Trotzdem mache ich mir Sorgen um Annamaria. Sie hat sich bisher nicht bei mir gemeldet; ich hoffe, das ist ein Zeichen, dass es ihr wieder besser geht.

Nach Ende der heutigen Dreharbeiten kam Heinrich/Felix auf mich zu und wollte wissen, was das denn für eine Vampir-Geschichte sei, von der die Frauen erzählten. Ich konnte ihn nicht abwimmeln, er hielt mich einfach fest und drang darauf, alles zu erfahren. Ich schilderte also alles, wobei er sich die Gestalt des „Bleichen" genau beschreiben ließ. Natürlich hob ich hervor, dass ich dieses „Vampir"-Gefasel für Unsinn halte, doch da grinste er nur sardonisch.

Kaum war ich den Schauspieler los, stellte sich mir der Produzent in den Weg. Seine Frau habe ihm eine verrückte Vampir-Geschichte erzählt, deren Urheber ich wohl sei. Er verbitte sich, von draußen Unruhe in die Filmaufnahmen zu bringen, sonst müsse er mir gegenüber Platzverbot ausprechen. Wenn die Gerüchtekü-che weiter so brodelt, werde ich wohl noch als Vampir geoutet!

Donnerstag, 11. August

Dietlinde/Wanda ging gestern Abend mit mir nach Hause, um noch etwas Tango mit mir zu tanzen - „und so", wie sie sagte. Nachdem ich für uns Spaghetti ge-kocht und wir die gegessen hatten, schlugen wir im Wohnzimmer den Teppich auf dem Parkettboden zu-rück, zogen die Schuhe aus und tanzten Tango. Später fuhr sie mit dem Taxi ins Hotel. Als ich dann im Bett lag, dachte ich, dass ich wohl hier nicht allein liegen würde, hätte ich mich in Dietlinde/Wanda verbissen. Offenbar war ich ihr zu wenig gefährlich. Und in der Nacht hatte ich tatsächlich, ich muss es zu meiner Schande gestehen, einen Vampir-Traum: Ich wurde ge-bissen. Oder biss ich?

Samstag, 13. August

Er ist wieder einmal aufgetaucht – Branko Stocker, der „Bleiche". Gestern Abend bei der Milonga in der Mu-schel im Stadtgarten sah ich ihn während des Tanzes aus dem Dunkel des Parks heraustreten. Für einen Au-genblick dachte ich: Wahrlich ein Herr der Finsternis. Ich schlug mir dann innerlich selbst an den Kopf, dass ich nun anscheinend auch in den Bannkreis des Bösen gekommen bin, tanzte dann aber weiter mit Annama-ria. Sie war offenbar wieder besser beisammen, sonst wäre sie wohl nicht zur Milonga gekommen. Oder zog sie etwas Anderes als die Aussicht her, mit mir zu tanzen? Während des Tangos löste sie sich plötzlich von mir, entschuldigte sich zwar, aber ließ mich einfach stehen und verschwand von der Tanzfläche – als würde sie hypnotisch von etwas angezogen. Oder von jemandem? Ihm? Ich sah weder ihn noch sie an diesem Abend wieder.

Ich versuchte mich dazu zu zwingen, einfach zu tanzen und an nichts mehr zu denken. Keinen Tango, keinen Vals, keine Milonga ließ ich aus. Zuletzt hatte ich Dietlinde/Wanda in den Armen, doch offenbar tanzte ich nicht so konzentriert wie sonst. Jedenfalls fragte sie mich, wonach ich denn Ausschau hielte. Diesmal aber hielt ich meinen Mund. Ich bin sicher, dass sich Dietlinde/Wanda andernfalls auf die Suche nach dem „Vampir"-Tänzer gemacht hätte.

Beim Schreiben ist mir eingefallen: Hat Annamaria dem „Bleichen" erzählt, dass sie HIV-positiv ist? Schon ein unglaublicher Zufall, dass ich in meinem Drehbuch phantasiert habe, was sich plötzlich in der Wirklichkeit ereignet. Wie der bleiche Herr wohl auf eine solche Eröffnung reagiert?

Montag, 14. August

Heute Morgen gab es Krach zu Beginn der Filmaufnahmen. Rebekka/Peggy erschien mit einem Halstuch, das sie zuerst nicht abnehmen wollte. Die Regisseurin schimpfte. Als sie es dann doch abnahm, wies sie einen großen Knutschfleck am Hals auf. Oder war es ein Biss? Ich verstehe nicht, warum Rebekka/Peggy nicht gleich zur Maskenbildnerin gegangen ist. Dietlinde/Wanda klärte mich später dahingehend auf, dass Rebekka nur demonstrieren wollte, wie geil ihr Mann noch auf sie sei. In der Regenbogenpresse seien Gerüchte publiziert worden, dass es in der Ehe krisele. Ein Teil der Medien, gegen die Kant eine Verleumdungsklage erwäge, hätten über sadistische Praktiken spekuliert. In was für einen Zirkus bin ich nur geraten? Warum habe ich ein Drehbuch geschrieben und keine philosophische Abhandlung, die niemand interessiert? Und dann kalauert Dietlinde/Wanda noch, was wohl passieren würde, wenn die Medien von der Vampir-Geschichte erführen. Ich wurde wohl blass und schaute die Schauspielerin so erschrocken an, dass sie mich beruhigte und schwor, den Mund zu halten. Dann flüsterte sie mir ins Ohr, ich müsse aber das nächste Mal, wenn sie schon bei mir in der Wohnung sei, etwas aggressiver sein. Gegen „zarte Bisse" (wörtliches Zitat) habe sie nichts, im Gegenteil. Vielleicht sollte ich meine Pensionierung rückgängig machen und in die Schule zurückkehren.

PS: Am Sonntagabend war wie üblich Milonga im Tanzsportzentrum. Ich hatte mich zunächst an die Bar gesetzt zu Kant, den ich dort vorfand. Fühlte mich verpflichtet zu etwas Smalltalk. Schließlich ist er der Produzent. Mit einem Auge sah ich dem Treiben auf der Tanzfläche zu – und fiel fast vom Barhocker: Mitten unter den Tänzern der „Bleiche". Er tanzte mit Rebekka/Peggy! Ich schnappte mir eine freie Tänzerin und arbeitete mich in die Nähe des Paars. Erst als ich direkt hinter ihm war, stellte ich fest, dass es sich bei dem Tänzer um Heinrich/Felix handelte. Er hatte sich eine schwarze Perücke über seinen Blondschopf gestülpt, sich einen schwarzen Anzug angezogen und das Gesicht bleich geschminkt. Dieser Halunke von Schauspieler! Deshalb hatte er mich den „Bleichen" so genau beschreiben lassen. Und dann fiel mir auf, dass er perfekt tanzte. Bei der Probe damals hatte er also uns alle zum Narren gehalten. Für einen Augenblick dachte ich: Hat er etwa von Anfang an den „Bleichen" gespielt? Doch nein, Dietlinde/Wanda hatte ja mit ihm schon einmal getanzt. Oder spielte die Schauspieltruppe ein gemeinsames Spiel? Nein, das war dann doch zu viel an Verschwörungstheorie.

Später am Abend stellte ich Heinrich/Felix zur Rede. Wir saßen an der Bar. Er hatte sich die Perücke abgenommen und die weiße Schminke abgewischt. Auf meine Vorhaltungen hin lachte er nur, grinste unverschämt und sagte: „Ein Mann muss die Frau herausfordern, irritieren, überraschen. Das ist zumindest meine Eroberungsstrategie. Auf meine Frage, welche Frau denn nun, sagte er grinsend: „Alle."

Kaum hatte er das gesagt, stellte sich wie vom Teufel gerufen der Filmproduzent neben uns. Er starrte den Schauspieler böse an und bellte, dass der außerhalb der Filmaufnahmen seine Finger von seiner Frau Rebekka halten solle. Dann setzte sich Kant ans andere Ende der Bar und stürzte ein weiteres Glas Sekt hinunter.

„Herausfordern, irritieren, überraschen", zitierte ich Heinrichs/Felix' Worte. Zumindest bei Ehemännern funktioniert es. Der Schauspieler, dieser aparte Zyniker, grinste nur unverschämt und meinte, ich solle Mumm zeigen und seinem Beispiel folgen, wenn ich kein Feigling wäre. Den „Feigling" wollte ich nicht auf mir sitzen lassen. Bei der nächsten Gelegenheit tanzte ich dann mit Rebekka/Peggy. Diese Schlawinerin tanzte mit mir übertrieben passioniert, wohl nur um ihren Mann eifersüchtig zu machen. Na ja, auf mich Senioren wird er ja wohl kaum eifersüchtig sein. Vermutlich nur ein Ablenkungsmanöver der Schauspielerin. Was für Komödianten!

Nachträglich gesehen ist die Maskierung Heinrichs/ Felix' vielleicht nicht schlecht. So wurde diese ganze Vampir-Geschichte zu dem Kostümfest, das sie doch eigentlich ist. Kaum ging mir dieser Gedanke durch den Kopf, fiel ich fast vom Barhocker, auf dem ich wieder gesessen hatte, denn drüben im Tanzgewühle sah ich Dietlinde/Wanda mit dem „Bleichen" tanzen. Zuerst dachte ich, Heinrich/Felix habe sich wieder die Perücke aufgesetzt, aber dann sah ich bei einer anderen Tanguera. Mir war ganz wirr im Kopf, und ich wollte nicht ausschließen, dass das ein weiterer von dem Schauspieler inszenierter Gag war. Zum Teufel, ich will nichts mehr von dem Unsinn wissen! Ich drehte der Tanzfläche den Rücken zu und bestellte einen Schnaps. Als ich den dritten vor mir hatte, setzte sich Rebekka/Peggy neben mich und fragte, ob sie wirklich so schlecht tanze. Ich sah sie erst verständnislos an, dann beruhigte ich sie und sagte, dass sie für eine Anfängerin wirklich gut sei. Aber dieser seltsam-kühle Herr, erzählte sie, dieser Brando oder Branko habe sie schon nach einem Tango stehen lasen. „Vielleicht hast du die falsche Blutgruppe", murmelte ich (wohl schon unter Alkoholeinfluss). Die Schauspielerin grinste und sagte, dass das nicht sein könne. „Wir haben hier in der Ökohochburg Freiburg biologisch einwandfreien Saft." Und dann, mit einem Seitenblick auf ihren noch immer am anderen Ende der Bar sitzenden Mann, gab sie mir einen Kuss auf die Wange. Wo war ich da nur hineingeraten?

Dienstag, 15. August

Die arme Annamaria! Sie lag so blass auf ihrer Couch, bleicher noch als nach jener Milonga im Schwarzen Kloster. In Sorge um sie, da ich sie jetzt gar nicht mehr gesehen und gehört hatte, suchte ich sie gestern auf und fand sie so geschwächt vor. Sie betonte, sie fühle sich nur etwas angespannt, empfindlich gegen Sonnenlicht, aber irgendwie „aufgehoben in höheren Sphären", was immer das heißen mochte. Einen Arzt hatte Annamaria bisher nicht aufgesucht, aber, betonte sie, krank sei sie ja auch nicht, nur eben schlapp.

Dann erzählte sie mit leuchtenden Augen, dass Branko sie gestern Abend besucht habe. „Und der hat mich nicht nur ausgezogen, sondern sozusagen auch ausgesogen." Das sagte die Studentin wörtlich. Ich war sprachlos. Sie öffnete die oberen Knöpfe ihrer Bluse. Hals und Busenansatz waren von kleinen Wunden übersät. Und darunter sah es wohl ähnlich aus.
In meiner Naivität erklärte ich mich bereit, sie zur Polizei zu begleiten, wo sie Anzeige erstatten könne. Annamaria brach in ungläubiges Lachen aus über meinen Vorschlag und beteuerte, dass das der tollste Sex gewesen sei, den sie je gehabt habe.

Mittwoch, 16. August

Heute pöbelte Produzent Kant herum. Es gibt kein anderes Wort für sein Verhalten. Er sprach von „Schlamassel", meinte damit, dass wir hinter dem Drehplan zurück sind und sein Geld verschleudern. Dabei schaute er auch mich an, als ob ich irgendwie auch Schuld daran hätte. Dabei bin ich der einzige Ehrenamtliche hier am Set. Für das Drehbuch hatte ich natürlich etwas bekommen, aber das war es auch. Die Regisseurin bot dem Produzenten aber die Stirn und warf ihm vor, dass man wegen seiner Knauserigkeit zu Improvisationen gezwungen sei, welche die Arbeit hinauszögen.

Kant schimpfte weiter und wurde plötzlich ausfallend Heinrich/Felix und mir gegenüber. Wir sollten uns bezüglich seiner Frau auf die Filmarbeit beschränken. Offenbar war ihm ein Dorn im Auge, dass Heinrich/Felix und ich mit Rebekka/Peggy auch außerhalb der Dreharbeiten eng umschlungen Tango tanzten. Da brach dann Rebekka/Peggy in Gelächter aus und forderte ihren Mann auf, Tango zu lernen und mit ihr zu tanzen. Dann schob sie ihren Arm unter den meinen und sagte, sie brauche frische Luft und wolle mit mir einen Spaziergang machen. Ein süßer Missbrauch meiner. Ich denke sie wollte damit ablenken von Heinrich/Felix, mit dem sie wohl ein Techtelmechtel hat.

Freitag, 18. August

Zwei Tage bin ich jetzt schon nicht bei den Filmarbeiten dabei. Das alles ist mir zu viel. Vor allem will ich nicht in die Ehestreitigkeiten zwischen Produzent und Hauptdarstellerin hineingezogen werden. Ich will meinen wohlverdienten Ruhestand genießen! So bleibe ich vorerst zu Hause, mache es mir auf meinem Balkon bequem und lese. Nein, nicht Bram Stokers „Dracula", obwohl sich die Lektüre anböte. Ich griff wieder einmal zu Shakespears „Macbeth" im englischen Original. Das

„fair is foul, and foul is fair" passt ja auch zu dem ganzen Film- und Vampir-Schlamassel. Dabei is

Samstag, 19. August

Die gestrige Tagebucheintragung bricht mitten im Wort ab. Ich konnte einfach nicht weiter schreiben. Annamaria ist tot! Eine Tango-Freundin rief gestern an und sagte, sie habe gerade in der „Badischen Zeitung" gelesen, dass man die Leiche der Studentin Annamaria S. tot in der Dreisam aufgefunden hat. Was für ein Schock! Das arme Mädchen! Ich hatte gestern einfach aufgelegt und saß wohl eine Stunde fassungslos da. Mit Schuldgefühlen. Hätte ich Annamaria nicht mehr beistehen können? Aber wer konnte solch ein Ende ahnen?
Während in der Freitagsausgabe der Zeitung nur die nüchterne Mitteilung des Todes der Studentin steht, heißt es in der Samstagsausgabe etwas nebulös, die 22-Jährige sei gewaltsam ums Leben gekommen. Ihr Körper sei von Wunden übersät. Die Polizei ermittle und bitte um Hinweise.
Muss ich zur Polizei gehen und erzählen was ich wusste von Annamaria und dem „Bleichen"?

Sonntag, 20. August

Ich musste nicht zur Polizei gehen, denn sie kam zu mir. Ich hatte nämlich am Samstag angerufen und am Telefon erzählt, dass ich in den letzten Wochen Kontakt mit Annamaria gehabt hätte und auch in ihrer Wohnung gewesen sei.
Am Nachmittag standen zwei Kriminalkommissare vor

der Tür, um mich zu „interviewen". Ich erzählte, was ich wusste, natürlich auch die ganze Geschichte um den „Bleichen" alias Branko Stocker. Zuerst scheute ich mich, dieses dumme Vampir-Gerede zu erwähnen. Aber dann erzählte ich davon, und die beiden Kommissare horchten auf, statt mich auszulachen. Die Tote sei, so sagten sie, nackt aufgefunden worden und praktisch blutleer. „Dieser Sadist!", fuhr es aus mir heraus.

Dann kam natürlich die Frage, auf die ich gewartet hatte, wo ich denn in der Nacht vom Mittwoch auf Donnerstag gewesen sei. Ich war allein zu Hause und hatte damit kein Alibi. So wird man zu einem Verdächtigen.

Ich wurde gebeten, mit aufs Revier zu kommen, damit ein Phantombild des „Bleichen" erstellt werden kann. So war ich bei der Kriminalpolizei. Natürlich wurde ich dort beim Anfertigen des Phantombilds komisch angeschaut, als ich darauf bestand, dass festgehalten wurde, der Mann sei bleich wie der Tod. Ironisch wurde zurückgefragt: Also bleich wie ein Untoter? Ich vermute, der bleiche große Unbekannte wird als meine Erfindung erachtet. Gott sei Dank konnten seine Existenz ja einige andere Personen wie Dietlinde/Wanda und Rebekka/Peggy bezeugen. Deren Namen nannte ich natürlich, bat aber zugleich, die Namen nicht in der Öffentlichkeit zu nennen, damit die Filmarbeiten nicht gestört würden.

Dann wurde ich, wie zu erwarten, gefragt, ob ich etwas dagegen hätte, eine DNA-Probe abzugeben. Hatte ich nicht. Auch wurden meine Fingerabdrücke abgenommen. Die würden sie natürlich in der Wohnung Annamarias finden. Ich durfte dann wieder nach Hause gehen, aber sicher als der Hauptverdächtige der Polizei.

Was für eine Karriere des pensionierten Lehrers!

Montag, 21. August

Heute ging ich gleich am Morgen zum Filmset, um vorzuwarnen. Doch war die Kripo schon vor Ort und befragte unter anderem Dietlinde und Rebekka nach dem Unbekannten. Zumindest wurde den Kommissaren klar, dass ich die ominöse Gestalt nicht erfunden hatte. Nachdem die Beamten gegangen waren, beschwor Kant die ganze Filmcrew, gegenüber der Presse den Mund zu halten. Es dürfe keinerlei Verbindung von dem Mord zu den Filmarbeiten geben, damit die Arbeit nicht unnötig gestört werde. Im Übrigen stehe der Name Branko Stocker auch nicht auf den Filmlisten, auch nicht als Statist. „Also kein Wort gegenüber den Medien!", beschwor er uns, vor allem aber mich, der Annamaria persönlich gekannt hatte.

Die Dreharbeiten gingen weiter. In einer Drehpause sprach mich Dietlinde/Wanda auf den „Bleichen" an. Offenbar war auch sie von ihm besessen. So klang es wenigstens. Ganz offensichtlich ist sie nicht von mir besessen. Es scheint mir, dass der Mordfall der Schauspielerin einen Kick gibt. Ihr Dracula (sie sagte das ironisch, aber ist diese Ironie echt?) sei ein ganz „cooler Typ" und sicher kein Mörder. Es klang durch, zumindest glaube ich, das heraushören zu können, dass sie mehr über den „Bleichen" weiß als ich, vielleicht sogar... Aber was sollen diese Vermutungen.

Dienstag, 21. August

In den lokalen Medien ist jetzt das Wort „Vampir-Mord"
aufgetaucht. Zwar mit Fragezeichen, aber eben doch.
Inzwischen weiß auch die Öffentlichkeit, dass die Leiche von Bisswunden übersät aufgefunden wurde. Vermutlich hat einer bei der Polizei geplaudert. Ich jedenfalls habe meinen Mund gehalten. Gott sei Dank hat
noch niemand den Mord in Zusammenhang mit den
Filmarbeiten gebracht.

Der Leidtragende bin ich, weil Dietlinde/Wanda sich
bei mir einquartiert hat. Sie hat nämlich ein paar Tage
Drehpause und will in Freiburg Urlaub machen, denn
die „Sache" sei doch zu spannend. In meiner Gutmütigkeit hatte ich ihr einmal versprochen, dass sie jeder-
zeit auch bei mir übernachten könne. Damals hegte
ich wohl die eitle Hoffnung, dass sie von mir träumen
könnte. Aber offensichtlich hat sie düsterere Träume.
Im Zweifelsfall muss ich mich entscheiden, ob ich sie
hinauswerfe oder – beiße.

Donnerstag, 23. August

Mit Dietlinde/Wanda geht es ganz gut. Sie hat sogar
schon mal gekocht, und das sehr gut. Allerdings ist sie
die letzten zwei Nächte außer Haus gewesen. Wo sie
war, hat sie bisher nicht erzählt. Aber ich bin ja weder
ihr Vater noch ihr Verlobter.
Im Grunde bin ich aber auch nicht sehr aufmerksam
ihr gegenüber. Der gewaltsame Tod Annamarias beschäftigt mich. Eigentlich bräuchte ich keine Gewis-
sensbisse zu haben, doch frage ich mich immer wieder,

ob ich nicht eher zur Polizei hätte gehen müssen. Aber was hätte ich zur Anzeige bringen sollen? Dass die Studentin einen sadistischen Liebhaber hat? Dass sie mit einem Vampir flirtet? Man hätte mich sicherlich ausgelacht oder für meschugge gehalten.

Freitag, 24. August

Bei der Filmarbeit herrscht weiter dicke Luft. Als Rebekka/Peggy in einer Drehpause mit mir ein paar Tangofiguren probte, stand ihr Mann plötzlich vor uns und schaute mich an, als wolle er mich umbringen. Dieses kleine Luder von Schauspielerin schmiegte sich da absichtlich besonders eng an mich, strich provokativ (in den Augen ihres Ehemanns) mit ihrem Bein am meinem hoch und runter. Soll sie ihren Ehemann doch mit ihrem Schauspielpartner eifersüchtig machen!
Aber großartig ist schon, wie Rebekka/Peggy und Heinrich/Felix die gegenseitige widerspenstige Zähmung spielen, wie es das Drehbuch vorgibt. Es könnte schon einen tollen Film geben. Was sie hinter den Kulissen treiben, geht mich ja nichts an. Aber ich bin es leid, in die offensichtliche Dreiecksgeschichte hineingezogen zu werden und weiter unfreiwillig Blitzableiter zu sein. Am liebsten würde ich mich vollständig ausklinken, doch Paula hat mich gebeten, weiter dabei zu sein. Tatsächlich ergeben sich immer wieder einmal Situationen, wo kleine Änderungen bei den Dialogen notwendig sind. Da ist offenbar mein Rat durchaus gefragt.
Aber was Horden von Schülern und Schülerinnen in den vergangenen Jahrzehnten nicht schafften, mich nämlich an den Rand eines Nervenzusammenbruchs

zu bringen, schaffen die Intrigen bei der Filmarbeit und auch jetzt das Verhalten von Dietlinde/Wanda. Von ihren „Ausflügen" kehrt sie morgens übernächtigt zurück und schläft den größten Teil des Tages. So geht es nicht weiter! Meine Wohnung ist kein Hotel. Staubsaugen ist das mindestens, was sie tun könnte. Aus lauter Gutmütigkeit werfe ich sie nicht raus.

Mittwoch, 29. August

Seit drei Tagen mache ich Urlaub von zu Hause in einem Hotel am Schluchsee. Ich brauche einfach Abstand. Ich unternehme lange Wanderungen, springe in den See und faulenze.
Paula und Dietlinde/Wanda habe ich die Telefonnummer des Hotels gegeben. Für den Notfall, falls etwas ganz Dringendes passiert. Das Handy habe ich ausgeschaltet. In der Zeitung las ich, dass die Ermittlungen im Fall des Mordes an der Studentin weiter gehen, dass es aber noch keine heiße Spur gebe. Das Phantombild des „Bleichen" hat offenbar zu nichts geführt.

Donnerstag, 30. August

Die Regisseurin rief an und fragte mich, ob ich wisse, wo Dietlinde stecke. Sie sei nicht zu den Dreharbeiten erschienen. Bei mir zu Hause sei sie auch nicht zu erreichen. Im Hintergrund hörte ich den Produzenten brüllen. Dann hatte ich ihn auch noch am Telefon. Er gab mir mehr oder weniger die Schuld, dass die Schauspielerin nicht auftauche. Ich solle sie sofort zu den Dreharbeiten bringen. Aber da sagte ich nur knapp, ich wisse nicht, wo sie stecke, und ich sei auch nicht ihr Kindermädchen. Dann legte ich auf. Herr Kant, Sie können mich mal!

Donnerstag, 7. September

Ich bin wieder auf freiem Fuß. Ein wahrer Horrorfilm ist das! Dietlinde ist tot, ermordet wie Annamaria! Aber der Reihenfolge nach: Vor fünf Tagen wurde ich in meinem Hotel festgenommen. Natürlich hatte ich wieder kein Alibi, diesmal für die vergangene Nacht. Warum ich eines brauchte, erfuhr ich dann. Die Leiche der Schauspielerin ist im Stadtpark aufgefunden worden. Der Produzent hatte sie als vermisst gemeldet. Von ihm erfuhr die Polizei, dass sie bei mir gewohnt hatte.

Für meine Memoiren habe ich also jetzt auch ein paar Takte Untersuchungsgefängnis. Man setzte mir durch elend lange Verhöre psychisch ziemlich zu. Natürlich hätte ich in der Nacht von Schluchsee nach Freiburg fahren können und wieder zurück, ohne dass das jemand gemerkt haben müsste. Einen Nachtportier gibt es im Hotel nicht.
Sogar ein Motiv hatten sie für mich parat: Eifersucht. Das ich nicht lache! DNA-Spuren von mir fanden sie nicht an der Leiche, hatten sie ja auch nicht an der von Annamaria gefunden.

Nachdem ich entlassen worden war, rief ich gleich Paula auf ihrem Handy an. Eine weitere Katastrophe: Die Filmarbeiten sind abgebrochen, und der Film wird wohl nicht zu Ende geführt. Die Regisseurin berichtete mir dann, dass der zweite Mord ein gefundenes Fressen für die Medien sei. Schlagzeilen von Vampir-Morden in Freiburg gebe es jetzt auch im Ausland. Mord und Filmgeschäft gäben einfach eine tolle Mixtur, sagte Paula sarkastisch. Am tollsten treibe es Heinrich. Der habe schon unzählige Interviews gegeben, sich sogar als „Bleicher" kostümiert und geschminkt und diabolisch dreingeschaut. „Es ist zum Kotzen. Und es ist so traurig, dass aus der geplanten Filmkomödie eine blutige Tragödie geworden ist", meinte sie.

Freitag, 8. September

Ich habe mich in meiner Wohnung praktisch verbarrikadiert. Journalisten und Fotografen lauerten mir auf, als ich das Haus verlassen wollte. Doch weigere ich mich, irgend etwas zu den ganzen Vorfällen zu sagen. Alles, was geile Phantasie ausdenken kann, ist täglich in den Medien zu finden.

Heute rief mich Heinrich/Ex-Felix an. Ich wollte mich erst bei ihm entschuldigen, dass ich der Polizei natürlich auch seinen Namen nennen musste und dabei seine Rolle als „Bleicher" erzählte. Doch der Schauspieler unterbrach mich und sagte, dass ich das noch viel ausführlicher hätte machen können. So viel und so oft sei noch nie in seiner Filmkarriere über ihn in den Medien berichtet worden. Das sei eine unbezahlbare Werbung für ihn. Als ich einwenden wollte, dass er ja automatisch auch zu den Verdächtigen zähle, lachte er nur und rief ins Telefon: „The medium is the message!" Er überlege sich gerade, ob er sich nicht als Schuldiger stellen solle. Das gäbe erst Schlagzeilen!
Da fragte ich spitz: Hast du sie denn umgebracht?

Heinrich lachte und meinte, darauf komme es doch gar nicht an. Und wenn, dann würde ihn sein Rechtsanwalt schon raushauen. Ob ich ihm nicht ein paar Details zu Annamaria sagen könne, fragte der Schauspieler. Die kenne er gar nicht, wolle aber dazu einiges bekennen. Ich legte auf. Was für ein Zyniker! Aber für den Mörder halte ich ihn dann doch nicht.

Samstag, 9. September

Aus der „Badischen Zeitung" erfahre ich, dass die Suche nach dem verdächtigen Branko Stocker bisher noch immer erfolglos ist. Der Name sei vermutlich eine Erfindung. Jemandem ist wohl aufgefallen, dass Branko Stocker ziemlich deutlich an Bram Stoker erinnert, den Autor des Dracula-Romans. Auch wird über Spekulationen berichtet, dass der Schauspieler Heinrich Schweiger möglicherweise nicht nur die Rolle des „Bleichen" gespielt habe, sondern auch verantwortlich für die Morde sei. Gleichzeitig meldet man aber, dass die Polizei den Schauspieler nicht unter die Verdächtigen zähle. Für beide Mordnächte habe er ein Alibi.

Sonntag, 10. September

Paula rief heute Vormittag an und teilte mir mit, dass die sterblichen Überreste Dietlindes nächste Woche in ihrer Heimatstadt Berlin beigesetzt würden. Die genauen Daten werde sie mir noch mitteilen. Ich habe mir vorgenommen hinzufahren. Ein Stoßgebet dazu habe ich: Dass Heinrich nicht auf die Schnapsidee kommt, bei der Beerdigung als der „Bleiche" aufzutreten. Diesem Kerl ist so etwas zuzutrauen.

Annamaria ist offensichtlich in aller Stille von ihren Angehörigen in einem norddeutschen Dorf beigesetzt worden. Ich konnte dazu aber bisher nichts Genaueres erfahren.

Kaum hatte ich die obigen Zeilen geschrieben, telefonierte Rebekka mit mir. Sie ist ausgezogen. Ihr Mann mache ihr das Leben zur Hölle. Dann gestand sie, dass sie das Alibi für Heinrich sei. Sie hätten nämlich die Mordnächte mit einander verbracht. Sie warnte mich. Ihr Mann, irgendwann wohl ihr Ex-Mann, stoße gegen alle und jeden Morddrohungen aus. Allerdings wisse ich ja, dass er ein Choleriker sei.
Schließlich versuchte sie mich zu trösten, dass der Film zu meinem Drehbuch nicht vollendet wurde. Aber wer wisse, ob nicht der ganze Medien-Hype nicht einen anderen Produzenten oder irgendeine Produktionsfirma dazu veranlasse, das ganze nochmals zu verfilmen oder die Szenen mit Dietlinde mit einer neuen Schauspielerin nachzudrehen. Das sei nicht*

---

* Hier bricht das Tagebuch mitten im Satz ab; möglicherweise tauchte in diesem Moment der Mörder auf (die Herausgeberin).

Nachwort

Drei Tage nach dem letzten Tagebucheintrag rief die Putzhilfe des Drehbuchautors die Polizei an. Die Frau hatte den pensionierten Lehrer tot aufgefunden. Wie später bekannt wurde, lag er mit zerrissenem Hemd und Unterhemd auf seinem Bett. In den Oberkörper war durch sein Herz ein Holzpfahl getrieben!

Dieser abstruse Umstand brachte die verrückten Vampir-Gerüchte erst recht zum Kochen, obwohl das alles ja keinerlei Sinn macht. Ich muss nicht betonen, dass die Gerichtsmedizin (so wurde von einem Polizeisprecher mitgeteilt) natürlich keinerlei Hinweise dafür gefunden hat, dass der Tote ein Vampir war. Wer unseren Autor kannte, hatte dies natürlich auch nie im Geringsten gedacht. Wer immer der Täter ist und was immer zu diesem schrecklichen Ende geführt hat - ein Untoter war unser Drehbuchautor nie und nimmer. Grotesk eigentlich, dass ich das schreiben muss. Aber angesichts der damaligen phantastischen Medienberichte dies zur Klarstellung.

Der oder die Mörder der drei Menschen, die während der Filmaufnahmen bzw. kurz nach ihrem Ende gewaltsam ums Leben kamen, werden noch immer gesucht. Wir alle von der Filmcrew wurden polizeilich befragt, einige auch verdächtigt und vorübergehend festgenommen. Die einzige mögliche Spur scheint noch immer der „Bleiche" alias Branko Stocker alias ??? zu sein. Nach ihm wird weiter gesucht.
Wird das Rätsel jemals gelöst, ohne sich auf Vampire zu kaprizieren? Die Polizei hat nicht ausgeschlossen, dass der dritte Mord von einen Trittbrettfahrer (oder einer Trittbrett-

fahrerin) verübt wurde. Sogleich spekulierten die Medien: Wie viele Schüler und Schülerinnen hat unser Autor als Lehrer genervt, beleidigt, verletzt oder gar missbraucht? Kein Kommentar zu diesem Schwachsinn.

Paula Nalec

PS: Bei der Sichtung des Filmmaterials für die inzwischen in Auftrag gegebene Dokumentation* erinnerte sich mein damaliger Kameramann Klaus Tauber, dass er beim ersten Probetanzen mit seiner Digitalkamera Aufnahmen gemacht hatte. Wir sahen uns die an und entdeckten, dass im Hintergrund einmal der „Bleiche" auftaucht, der mit der später ermordeten Studentin tanzt. Aber irgend etwas irritierte den Kameramann und mich. Nach mehrmaligem Betrachten stellten wir fest, dass für eine Sekunde das Tanzpaar vor der Spiegelwand des Saals zu sehen ist, vielmehr nicht das Tanzpaar, sondern nur die tanzende Studentin – als wäre der Tänzer wegretuschiert. Mindestens ein dutzend Mal kontrollierten wir die Stelle. „Dafür muss es doch einen Grund geben", sagt der Kameramann. Aber welchen? Wir haben das Material natürlich an die Polizei weiter gegeben. Soll die die Frage klären.

---

* Siehe meine Einleitung, S. 5

Anhang

Originaldrehbuch für „Morbus Tango"

(Arbeitstitel)

Bild 1

Backshop mit Stehtischen; Marina hat gerade eine Kundin bedient, links bzw. rechts außen an der Verkaufstheke Peggy u. Felix; in der Mitte u.A. ein alter Herr.

Marina
Wer ist der nächste?

Peggy/Felix
(gleichzeitig) Ich.

Peggy/Felix
(gleichzeitig) Nein, ich.

Marina
Ein Vorschlag zur Güte, caro Signore: Ladies first.

Peggy
Sag' ich doch. Ich war zuerst da.

Felix
Erstens nein, und zweitens nein. So weit kommt es noch: Emanzipation und zugleich ‚Ladies first‘. Was denn nun?

Peggy
Darum geht es hier gar nicht. Die Lady war einfach zuerst da.

Felix
Eben nicht, sondern...

Alter Herr
(der zwischen beiden steht): Warum
knobeln Sie das nicht aus? Derweil,
Frau Marina, geben Sie mir bitte
vier Brötchen.

Peggy
Entschuldigen Sie, mein Herr, da
ist aber der junge Mann wirklich
zuerst dran.

Felix
(einfallend) Entschuldigen Sie,
mein Herr, da ist aber die junge
Frau wirklich zuerst dran.

Während des folgenden Disputs verkauft Marina die Brötchen an den alten
Herrn.

Peggy
Lassen Sie den Schmarrn mit ‚junger
Frau'.

Felix
Ah, aber ‚junger Mann' ist o.k.?
Soll ich ‚gnädige Frau' sagen? Oder
gar...

Peggy
...'alte Frau'? Wenn ich Ihr
Kindergesicht sehe, könnte ich
wirklich ihre Mutter sein.

Felix
Meine Mutter hatte keine sieben
Sommersprossen im Gesicht.

Peggy
Sieben?

Felix
Und sie stehen wie der Große Bär am
Himmel - auf ihrem Gesicht.

Peggy
(ironisch) Charmant. Während Sie,
mein Herr, weiter Astronomie
treiben, können Sie, Marina, mir
endlich zwei Croissants geben. Oh?

Marina hat während des Wortwechsels
vor Peggy zwei Croissants in einer
Tüte sowie vor Felix einen Cappuccino
und eine Butterbrezel gestellt/gelegt.

Marina
(zu Peggy) Da sind Ihre zwei
Croissants — wie jeden Tag, und
da (zu Felix) Ihr Cappuccino und
Ihre Butterbrezel — wie jeden Tag.

Und vielleicht organisieren Sie es künftig so, dass Sie beide wie bisher nicht zur selben Zeit hier sind.

Peggy/Felix
(gleichzeitig) Ich bin zuerst gekommen.

Marina
(verzweifelt) Santa Lucia! Nicht noch einmal das ganze von vorn.

Peggy
(zu Felix) Das nächste Mal nehmen Sie sich einen Rechtsanwalt!
(Nimmt die Tüte mit den inzwischen bezahlten Croissants und sagt im Gehen) Ciao, Marina.

Marina
Ciao, Dottoressa.

Felix
Da ist sie weg, die Nervensäge. Marina, war ich heute zu früh oder zu spät dran?

Marina
Sie sind wie immer gekommen, Dottore. Aber die Frau Doktor war später dran als sonst.

Felix

Frau Doktor?

Marina

Eine Rechtsanwältin, Dr. Soundso.

Felix

Aha, deshalb der unverschämte Rat, ich solle mir einen Rechtsanwalt nehmen.

Marina

Sie hat vor kurzem gegenüber die Büroräume von Rechtsanwalt Berger übernommen.

Felix

Dann arbeitet sie im selben Gebäude wie ich.

Marina

Ich denke, Sie beide passen perfekt zusammen.

Felix

Wie bitte?

Marina

Na, vom ersten Moment an zanken Sie sich. Das ist die beste Grundlage für ein gemeinsames Zusammenleben.

Felix
Unsere italienische Philosophin.
(singt) Marina, Marina, Marina!

Er hat sich inzwischen an einen Stehtisch gestellt, nippt am Cappuccino
und beißt von der Butterbrezel; zugleich beobachtet er, wie Peggy über
die Straße geht und ins Bürogebäude
gegenüber.

Felix
(zu Marina gewandt) Haben Sie sich
das mit dem Tango überlegt?

Marina
Ich würde es gern einmal probieren,
aber mein Mann würde das nie
erlauben.

Felix
Wir sind hier in Deutschland, nicht
in Palermo.

Marina
Das sagen Sie. Ich wusste übrigens
gar nicht, dass Sie wieder tanzen.
Ich dachte...

Felix
Doch, doch. Ich arbeite ja auch
wieder. Manchmal holt mich zwar die
Krankheit wieder ein, aber das geht

auch wieder vorüber. Überlegen Sie
es sich mit dem Tango nochmals!
Oder bringen Sie Ihren Mann einfach
mit. Vielleicht findet er ja Spaß am
Tango Argentino.

Marina
Oh, daran zweifle ich nicht, dass
der Spaß daran finden würde, andere
Frauen an die Brust zu nehmen.

Felix
(lachend) Das ist also der Haken an
der Sache. (im Gehen) Ciao, Marina.
Bis morgen.

Marina
Ciao, Dottore.

Bild 2

Aufzug öffnet sich, Peggy tritt heraus
und geht in ihr Büro. Ihre Sekretärin
Wanda gibt gerade einem Kanarienvogel
in seinem Käfig Futter.

Wanda
(zum Vogel) Na, Spatz. (Schließt
Käfigtürchen) Guten Morgen, Frau
Dr. Freier. Der Kaffee steht schon
bereit.

Peggy
Guten Morgen, Wanda. Gibt es
wirklich keinen anderen Ort für den
Vogel?

Wanda
Aber ich habe es Ihnen doch
erzählt: Meine Nachbarin liegt mit
lebensgefährlichen Verletzungen
im Krankenhaus. In meiner Wohnung
steht meine Katze zu sehr auf
Vögel. Aber Sie müssen doch
zugeben, Frau Dr. Freier, dass
Spatz einfach süß ist.

Peggy
Und dann noch dieser bescheuerte
Name „Spatz" für einen
Kanarienvogel.

Wanda
Ich verspreche es: Sobald die
Nachbarin wieder zu Hause ist, ist
der Vogel wieder bei ihr. Sind Sie,
wenn ich fragen darf, nur wegen des
Vogels so gereizt?

Pegga
Ein Kerl nervte im Backshop.

Wanda
Männer sind immer nervtötend.
Glauben Sie einer erfahrenen Frau.

Peggy
Wanda, nicht wieder das Thema Mann.

Wanda
Apropos Mann: Ihr Ex-Ehemann hat
schon drei Mal versucht, sie zu
erreichen.

Peggy
Der hat mir gerade noch gefehlt.
Was wollte der denn?

Wanda
Wollte er nicht sagen. Klang aber
sehr dringend. Hat er nicht Ihre
Handynummer?

Peggy
Das war das erste, was ich damals
geändert habe.

Telefon klingelt, Wanda hebt ab.

Peggy
Nicht etwa mein Ex!

Wanda
Anwaltskanzlei Dr. Freier. Guten
Morgen....Guten Morgen, Frau
Schmidt. Ja, sie ist gerade
angekommen. Einen Augenblick, Frau
Schmidt, ich stelle durch.

Peggy geht in ihr Zimmer; Wanda stellt durch, erledigt etwas Büroarbeit, Peggy kommt zurück zu ihr.

Peggy
Ich muss ins Gericht. Der Termin findet doch statt. Bis später.

Peggy geht hinaus, schließt die Tür hinter sich. Das Telefon klingelt erneut.

Wanda
Anwaltskanzlei Dr. Freier. Guten Mor... Herr Freier, Sie wieder. In diesem Augenblick ging Frau Dr. Freier aus dem Haus. Probieren Sie es heute Nachmittag oder morgen wieder. ...Ich werde es ausrichten. Auf Wiederhören, Herr Freier. (legt mit einer Grimasse auf auf)

Bild 3

Ein Tanzlokal/eine Tanzhalle, an der Bar sitzen Petra, Maria und Grit, unterhalten sich, trinken etwas, auf der Tanzfläche einige Tango Argentino-Paare. Felix kommt von dem Garderoberaum, wo er sich Tanzschuhe anzog, herzu, tritt zu den drei Frauen an der Bar; man begrüßt sich jeweils mit Wangenküsschen.

Felix
Hallo Petra....ciao Maria...hi...?

Grit
Hi, ich bin die Grit.

Felix
Hallo Grit, ich bin der Felix.

Maria
Na endlich ist unser Tanguero da.

Petra
Aber die ersten Tangos gehören mir.
Komm schon, Felix!

Petra nimmt Felix an der Hand und geht
mit ihm auf die Tanzfläche.

Grit
Haben die beiden etwas miteinander?

Maria
Sie hatten mal etwas miteinander.

Bild 4

Felix tanzt mit Petra, weitere Tangopaare tanzen, DJ im Hintergrund am

Pult. Das Tangostück geht zu Ende,
kurze Pause.

Felix
Schön, wieder einmal mit dir zu
tanzen. Du lässt dich einfach
wunderbar führen.

Petra
Bei einem Verführer wie dir...

Neuer Tango, alle auf der Tanzfläche
beginnen wieder zu tanzen. Nach ein
paar Takten wird Felix etwas unbehol-
fen und stoppt mit dem Tanz.

Petra
Ist was?

Felix
Mist...mein Morbus...entschuldige,
ich muss mal aussetzen.

Felix verlässt die Tanzfläche, Petra
begleitet ihn die ersten Schritte.

Petra
Kann ich dir helfen?

Felix
Nein, nein. Ich brauche eine Pause.
Wir holen den Tanz später nach.
Versprochen.

Petra schaut dem Richtung Garderoben-
raum leicht schwankend gehenden Felix
nach, dann geht sie zur Bar.

Bild 5

Ein Tänzer holt Maria von der Bar ab
und geht mit ihr Richtung Tanzfläche,
Grit bleibt allein zurück, Petra setzt
sich neben sie.

Grit
Schon zu Ende mit der Tanzerei?

Petra
Felix musste abbrechen.

Grit
Was ist passiert?

Petra
Der arme Felix.

Grit
Sprich nicht in Rätseln. Was ist
los mit ihm?

Petra
Er hat doch Morbus...Morbus...
Morbus Mabuse oder so.

Grit
Soll das ein Witz sein?

Petra
Nein, nein. Er hat wirklich
Morbus...Morbus...Menière, ja, so
heißt das: Morbus Menière.

Grit
Das klingt ja furchtbar. Und was
heißt das?

Petra
Er hatte einen Hörsturz. Vermutlich
Stress im Beruf mit einem neuen
Chef, einem arroganten Arschloch.
Folge des Hörsturzes: Tinnitus im
linken Ohr, Felix hört da auch
schlechter, und immer wieder mal
einen Drehschwindel.

Grit
Und das ist gerade passiert?

Petra
Ja. Und dann muss er.... (sie beugt
sich vor und flüstert der anderen
etwas in Ohr)...und dann ist er
gewöhnlich nach einer Stunde oder
so wieder auf den Beinen und kann
weiter arbeiten oder...tanzen.

Grit
Maria sagte, ihr seid ein Paar
gewesen.

Petra
Sagen wir: Felix und ich hatten
mal nach dem Tango zu Hause
weiter...getanzt.

Grit
Und das nicht mehr?

Petra
Es gibt so viele Männer...

Grit
Aber nicht beim Tango. Da gibt es
so viele Frauen...

Bild 6

Felix liegt mit geschlossenen Augen im
Garderoberaum auf dem Boden. Frau mit
Straßenschuhen tritt herein und stol-
pert fast über den auf dem Boden Lie-
genden.

Frau
Oh, Entschuldigung.

Felix
(die Augen aufschlagend)

Entschuldige du.

Frau
Ich wollte mir nur die Tanzschuhe
anziehen.

Felix
Lass dich nicht stören! Ich mache
gerade... mein Autogenes Training.

Frau
Und das hilft zum Tanzen?

Felix
(ironisch) Und wie. Du bist zum
ersten Mal hier? Wenn ich wieder
fit, können wir ja mal mit einander
tanzen. Ich bin der Felix.

Frau
Rebekka. Gerne. Vielleicht sollte
ich das auch mal probieren?

Felix
Was?

Frau
Autogenes Training. Vielleicht gut
für meine Beinarbeit.

Während sie geht, schaut Petra zur offenen Tür herein

Petra

Hallo, Felix, wie geht's?

Felix

Danke, Petra, geht schon. Noch etwas wacklig im Kopf. Denk' aber, dass ich bald wieder auf der Tanzfläche bin.

Bild 7

Peggy tritt aus ihrer Kanzlei und geht zum Aufzug, drückt auf Knopf, die Tür geht auf und drin steht, von oben kommend, Felix; gemeinsam geht es nach unten

Peggy/Felix

(gleichzeitig) Sie schon wieder?

Felix

Sie verfolgen mich.

Peggy

Das hätten Sie wohl gern. Sie waren zwar zuerst im Aufzug, aber das ist eine besonders raffinierte Art der Verfolgung.

Felix

Sie leiden wohl unter

Verfolgungswahn.

Peggy
(spöttisch) Ich verfolge nur
Prozessgegner.

Plötzlich hält Aufzug zwischen den
Stockwerken. Die beiden schauen sich
überrascht an.

Peggy
Himmel! Und jetzt noch dieser
Aufzugtrick. Treten Sie mal zur
Seite!

Felix
Wie? Sie glauben, ich hätte...Ich
schwöre Ihnen...

Peggy
Sie wissen, was ein Meineid
bedeutet?

Felix
Der Angeklagte ist unschuldig.

Peggy
(die die Aufzugsknöpfe drückt)
Vermutlich haben wir das ihrem
negativen Karma zu verdanken. Und
wie geht es jetzt weiter?

Felix
War das eine Frage an den Mann als
Techniker?

Peggy
Sind Sie einer?

Felix
Techniker oder Mann?

Peggy
Mich interessieren nur Ihre
technischen Qualitäten?

Felix
Praktisch null. Ihre große Chance
das Vorurteil zu widerlegen,
dass Frauen nichts von Technik
verstehen.

Peggy
Lenken Sie nicht vom Thema ab. Ich
habe einen Termin. Wie geht es
weiter?

Felix
(drückt auch alle Aufzugsknöpfe,
nichts rührt sich) Wir könnten
beten.

Peggy
Mein Gott! Erst nerven Sie in der

Backstube, jetzt im Aufzug.

Felix
Das stand sicher so in Ihrem Tageshoroskop.

Peggy
Da stand: Hüten Sie sich vor Männern!

Felix
Sehr weise. Würde ich nur Horoskope lesen.

Peggy
Da gibt es doch den Notrufknopf.

Felix
Schon gedrückt. Aber vielleicht sollten wir in der Not rufen. (mit normaler Stimme) Hilfe, Hilfe!

Peggy
(sarkastisch) Das muss durch das ganze Gebäude geschallt haben.

Felix
Das war ein Gebet.

Peggy
Himmel!

Felix
Wer weiß. (Lehnt sich mit dem
Rücken gegen die Wand mit den
Knöpfen; der Aufzug fährt weiter)
Sehen Sie!

Peggy
Gratuliere. Doch ein Techniker —
oder ein guter Beter. Aber bitte:
Fahren Sie künftig nicht mehr mit
mir Fahrstuhl!

Fahrstuhl hält, Tür öffnet sich, Peggy
rauscht davon; Felix langsam auch zum
Ausgang. Dort studiert er die Schilder
und liest laut:

Felix
Rechtsanwältin Dr. Peggy Freier.
Felix, halt Abstand von der. Die
tötet dir nur den Nerv.

Bild 8

Felix hat die Straße überquert und
tritt in den Backshop, wo Marina gerade eine Kundin bedient hat.

Felix
Ciao, Marina, bitte zwei
Schinkenhörnchen. Habe wieder mal
keine richtige Mittagspause.

Während des folgenden Dialogs wird Felix von Marina bedient und er bezahlt.

Marina
Ciao, Dottore. Nicht mal Zeit zu einem Expresso?

Felix
Nein. Im Übrigen, wie ich schon wiederholt sagte: Ich bin kein Dottore.

Marina
Aber Sie haben doch studiert. Und wer studiert hat, ist in Italien ein Dottore.

Felix
Aber wir sind hier in Deutschland.

Marina
Und warum sagen sie dann „ciao"?

Felix
Darüber diskutieren wir dann, wenn Sie mit mir Tango tanzen.

Marina
Aber mein Mann...

Felix
Vielleicht sollte ich mal mit Ihrem Mann sprechen.

Marina

Mit dem wollen Sie auch tanzen?

Felix

Wenn er so hübsch ist wie Sie,
warum nicht. Aber nein, ich
dachte eher daran, ihm eine nette
Tangotänzerin zu besorgen....

Marina

(in theatralischer Empörung)
Dottore, raus aus meinem Laden!
(Sie kommt mit einer gezückten
Kuchengabel hinter der Theke nach
vorn)

Felix

(lachend) Aber, Marina, das war
doch nur ein Scherz. Ich geh ja
schon, ich geh ja schon. Ciao,
ciao.

Bild 9

Felix kommt vom Backshop zurück in die
Eingangshalle, wo gerade Wanda den
Briefkasten der Kanzlei leert. Felix
geht zum Fahrstuhl, drückt den Knopf,
als die Tür aufgeht, tritt Wanda dazu;
Felix lässt ihr den Vortritt.

Felix
Bitte schön.

Wanda
Danke.

Während der Auffahrt starrt Felix etwas
ungeniert in den üppigen Ausschnitt
Wandas; sie bemerkt das und sagt beim
Verlassen des Aufzugs)

Wanda
Hat Sie ihre Mutter nicht gestillt?

Felix
(zunächst baff, dann grinsend weiter
hoch im Fahrstuhl) Die hat Haare
auf den Zähnen.

Bild 10

Felix geht vom Aufzug in das Büro der
Nachrichtenagentur; Großraumbüro, Chef
hat eigenes Zimmer; Felix geht an der
offenen Tür des Chefzimmers vorbei.

Chefredakteur
(hinter dem Schreibtisch sitzend,
bärbeißig, arrogant) Hansen, wo
haben Sie wieder gesteckt?

Felix
(tritt in die Türöffnung)Hab mir was
vom Bäcker geholt.

Chefredakteur
Und die Kanzlerin-Story?

Felix
Wenn ich schon wieder mal keine
Mittagspause haben kann, will ich
zumindest nicht verhungern.

Chefredakteur
Was Mittagspause! Die Kunden warten
auf die Story. Und Sie kaufen
Brezeln.

Felix
Schinkenhörnchen.

Chef
Hier habe ich das letzte Wort.
Gehen Sie endlich an Ihre Arbeit!

Felix
Lassen Sie mich einfach in Ruhe
arbeiten. Seit zehn Jahren arbeite
ich jetzt hier...

Chefredakteur
Ich erst ein Jahr, aber das
genügt vollkommen, ihre Arbeit
einzuschätzen.

Felix
Und also?

Chefredakteur
(Aufbrausend) Essen Sie Ihre
Brezeln....

Felix
Schinkenhörnchen.

Bild 11

Neuer Tag. Peggy steht in der Tür zwischen Vorzimmer und ihrem Zimmer ge-
lehnt.

Wanda
Und der Kerl verfolgt Sie?

Peggy
Dabei ist er mindestens zehn Jahre
jünger als ich.

Wanda
Also, wenn es denn unbedingt ein
Mann sein muss: Lieber einen jungen
als einen alten.

Peggy
(grinsend) Sie müssen es ja wissen.

Wanda

Glauben Sie mir... (Telefon klingelt, Wanda hebt ab)... Anwaltskanzlei Dr. Freier, Müller am Apparat, ah Herr Freier (Wanda blickt fragend zu Peggy, die nickt gottergeben), ja, Fr. Dr. Freier ist jetzt hier. Einen Augenblick, ich stelle durch.

Peggy geht in ihr Zimmer, lässt aber zunächst die Tür zu Wandas Zimmer offen, nimmt den Hörer ab, stellt den Telefonlautsprecher auf laut und geht unmutig auf und ab.

Peggy

Hallo.

Freier

(jetzt und im Folgenden Stimme aus Telefon) Hallo, Peggy.

Peggy

Du bist unerwünscht, Winfried.

Freier

Nach diesem Anruf werde ich noch unerwünschter sein. Peggy, bist Du allein?

Peggy

Ich habe keine Geheimnisse vor

meiner Sekretärin — am wenigsten,
was meinen Ex-Ehemann betrifft. Mach
es kurz! Unsere Beziehung war zu
lang.

Freier
Peggy, mach bitte die Tür zu, falls
die offen steht!
Peggy
Die Zeit deiner versuchten
Vorschriften ist eindeutig vorbei,
Winfried.

Freier
(halb schluchzend) Bitte!

Peggy
(stutzig geworden) O.k. (Macht Tür
zu). Jetzt komm aber zur Sache! Für
dich habe ich keine Zeit mehr.

Freier
Peggy, ich...ich...es tut mir
wirklich Leid.

Peggy
Winfried, raus mit der Sprache!

Freier
Ich habe Aids.

Peggy
(erstarrt, langes Schweigen): Sag

das noch einmal!

Bild 12

In der Eingangshalle wartet Felix vor dem Aufzug. Der kommt von oben an und Peggy tritt heraus.

Felix
(überrascht) Hallo! Keine Verfolgung heute, reiner Zufall.

Peggy
(bleich, starr, geistig abwesend) Schon gut.

Felix
Sie fühlen sich nicht mehr verfolgt?

Peggy
Lassen Sie mich bitte einfach in Ruhe!

Felix
Entschuldigen Sie...Ist was?

Peggy geht Richtung Ausgang, Felix schaut ihr fragend nach, drückt dann auf den Aufzugknopf, da der Aufzug inzwischen schon wieder hoch ist. Peg-

gy verlangsamt ihren Schritt, bleibt
stehen, dreht sich um und geht zurück
zu dem ihr den Rücken zudrehenden, auf
den Aufzug wartenden Felix.

Peggy
Entschuldigen Sie.... meine
fehlende Kampfbereitschaft. Ich
habe gerade ein kleines Problem.

Felix
Schon gut. Wir alle haben unsere
Tage.

Peggy
(will schon aufbrausen, dann
von oben herab) Hier ist meine
Visitenkarte. Holen Sie sich
zum Trost einen Kaffee bei meiner
Sckrctärin.

Peggy geht, Felix schaut ihr mit der
Visitenkarte in der Hand verblüfft
nach.

Bild 13

Die Yogalehrerin Monika mit einem
halben Dutzend Frauen vor ihr, darunter Peggy, alle auf einem Bein in
Baum-Haltung, Augen geschlossen, in
konzentrierter Stille.

Peggy
(kommt ins Schwanken und sagt laut)
Mist! (setzt sich genervt)

Yogalehrerin
(flüsternd, Finger vor den Lippen)
Psst!

Lehrerin setzt sich in Lotossitz vor
Peggy, diese macht es ihr nach, während die anderen Frauen weiter auf einem Bein stehen. Im Folgenden spricht
die Lehrerin betont leise.

Yogalehrerin
Schlechtes Karma heute.

Peggy
Das kannst du laut sagen.

Yogalehrerin
(Finger vor Lippen) Psst!

Peggy
Ich könnte die Welt in die Luft
sprengen.

Yogalehrerin
(Finger vor Lippen) Psst!

Peggy
Ich könnte mich in die Luft
sprengen.

Yogalehrerin
(Finger vor Lippen)   Psst!

Peggy
Und alle Männer erschlagen.

Yogalehrerin
(unwillkürlich mit normaler Stimme,
die in der allgemeinen Stille laut
wirkt)   Gute Idee.

Die anderen Frauen reißen die Augen
auf, kommen ins Schwanken und bemühen
sich, wieder konzentriert auf einem
Bein zu stehen.

Peggy
(flüsternd, Finger vor Lippen) Psst!

Bild 14

Arztpraxis von Dr. Thomas Werkmann;
Peggy nervös im Wartezimmer für Pri-
vatpatienten.

1. Arzthelferin
(öffnete von außen die Tür) Fr.
Dr. Freier. (Sie führt Peggy zum
Arztzimmer, Peggy geht hinein,
Thomas hinter Schreibtisch steht
auf und kommt ihr entgegen.

Thomas

Guten Tag, Peggy.

Peggy

Hallo, Onkel Thomas. (Angedeutet Umarmung)

Thomas

Setzten wir uns.........Gerade heraus?

Peggy

Gerade heraus!

Thomas

Zuerst das Negative: Du bist HIV-positiv.

Peggy

(nach langem betroffenen Schweigen) Was bleibt da noch an Positivem?

Thomas

Es ist ein sehr frühes Stadium. Wir sind in Deutschland.

Peggy

Und das heißt?

Thomas

Mit der richtigen Therapie kannst Du weiterhin uralt werden.

Peggy
Toll!......Und das immer mit Aids
vor Augen.

Thomas
Peggy, vergiss Aids!

Peggy
Klar, steck ich einfach weg. Ist so
meine Art.

Thomas
Wie dein Vater Franz. Der war ein
prächtiger Soldat.

Peggy
Ich hätte Zivildienst geleistet.
Sonst noch einen guten Rat?

Thomas
Da halte ich es mit dem alten
Goethe?

Peggy
War der auch HIV-positiv?

Thomas
Der sagte, man solle nie ungefragt
gute Ratschläge geben. Und wenn man
um Rat gebeten werde, solle man
dazu raten, was der Fragende eh tun
möchte.

Peggy
Rate mir trotzdem, Onkel Thomas,
wenn wir schon dabei sind!
Schließlich bist du Arzt.

Thomas
Erzähl es nur den wenigen, denen du
100-prozentig vertraust.

Peggy
Also zum Beispiel meinem Ex-Mann,
dem ich 100-prozentig vertraute —
und der mich angesteckt hat.

Thomas
Es gibt kein risikoloses Leben.

Peggy
Das war wohl der zweite Rat. Und
der dritte?

Thomas
Keinen ungeschützten Sex.

Peggy

Du siehst Probleme. Sex ist das
letzte, woran ich gerade denke.

Bild 15

Peggy tritt aus dem Haus mit der Arzt-

praxis, geht zu ihrem Auto, das auf der anderen Straßenseite steht; dort kontrolliert eine Politesse gerade die dort parkenden Autos auf gültige Parkscheine.
Als Peggy vor ihrem Auto ankommt, übermannt sie ohnmächtiger Zorn. Sie trommelt auf das Wagendach und tritt dann eine Delle in den Kotflügel; die Politesse sieht das, ist zunächst sprachlos, dann eilt sie zu Peggy.

Politesse
Aber was tun Sie denn da?

Peggy
Ich trete mein Auto? Was dagegen?

Politesse
Aber...

Peggy
Noch nie ein Auto getreten? Es muss sein, glauben Sie mir, es muss sein.

Peggy öffnet die Tür, setzt sich hinter das Steuer und fährt los; die Politesse starrt ihr zunächst sprachlos nach, dann zieht sie ihr Handy und telefoniert aufgeregt.

Bild 16

Peggy fährt im Auto, ein Streifenwagen — auf Grund des Anrufs der Politesse alarmiert - hängt sich an Peggys Wagen, überholt diesen und winkt Peggy zu halten; Peggy parkt am Straßenrand, der Streifenwagen hält vor ihrem Auto, ein Polizist und eine Polizistin steigen aus, Peggy lässt die Scheibe der Wagentür herunter.

Peggy
Sie wünschen?

Polizist
Guten Tag. Führerschein- und Fahrzeugkontrolle.

Peggy
Wenn es denn sein muss. Hier, bitte.

Polizist
(reicht die Papiere seiner Kollegin weiter, die die Papiere prüft, dann schaut er kritisch auf die Delle im Kotflügel) Hatten Sie einen Unfall?

Peggy
Nein, ich habe meinen Wagen getreten.

Polizist
Darüber wurden wir informiert.

Peggy
Ah, die Politesse. Die Polizei,
dein Freund und Helfer.

Polizist
Treten Sie öfter Ihr Auto?

Peggy
Ist das in Deutschland verboten?

Polizist
Möglicherweise nicht. Die Frage
ist, ob das ungebührliches
Verhalten im Straßenverkehr ist.

Peggy
Machen Sie Witze?

Polizist
(streng) Ich bin im Dienst. Ihr
ungewöhnliches Verhalten...

Peggy
Sagen Sie nur, das verstößt gegen
die Straßenverkehrsordnung?

Polizist
Straßenverkehrsordnung,
Paragraph 1, Absatz 2: Jeder
Verkehrsteilnehmer hat sich so

zu verhalten, dass kein Anderer
geschädigt, gefährdet oder
mehr, als nach den Umständen
unvermeidbar, behindert oder
belästigt wird.

Peggy
Gut auswendig gelernt. Ich
verstehe: Ihre Politesse hat sich
durch meine Autotreterei belästigt
gefühlt. Sagen Sie Ihrer Kollegin:
Ich bin Rechtsanwältin. Ich würde
ihr vor einem Prozess abraten.

Polizist:
Haben Sie getrunken?

Peggy
Sehe ich so aus?

Polizist
Steigen Sie bitte aus!

Peggy
(ironisch) Wollen Sie mich treten?

Polizist
 Ich warne Sie.

Peggy
Schon gut, schon gut. (Steigt aus)

Polizist
Kommen Sie bitte auf den Gehweg!
Und jetzt gehen Sie ein paar
Schritte geradeaus. (Polizist und
Polizistin beäugen kritisch die
Schritte Peggys).

Verkehrslärm; man sieht den Polizis-
ten und Peggy sprechen und gestikulie-
ren.

Bild 17

Felix und sein Kollege sitzen sich gegenüber, jeder vor seinem Bildschirm,
im Hintergrund andere Nachrichtenleute
an der Arbeit.

Kollege
Hast du schon gehört? (Felix
schaut ihn fragend an). Die
Geschäftsleitung ist unzufrieden
mit unserem Chef.

Felix
(Skeptisch) Woher weißt du das
schon wieder?

Kollege
Na, du weißt doch: Die Schwester
meiner Frau spielt Golf mit der

Kusine des Geschäftsführers.

Felix
Sie sollte lieber Tango spielen.

Kollege
Du merkst doch auch, wie der Chef nach unten tritt. Der Mann gibt den Druck von oben weiter.

Felix
Er nervt einfach.

Bild 18

Anwaltskanzlei, Wanda verrichtet Büroarbeit, Peggy tritt ein.

Wanda
Guten Tag, Frau Dr. Freier. Mehrere Anrufe.

Peggy
Hallo, Wanda. Ich wurde aufgehalten. Von der Polizei. Ich musste ins Röhrchen blasen.

Wanda
Sie trinken doch nie am Vormittag.

Peggy
Ich trinke weder am Vormittag noch

am Nachmittag.

Wanda
Eine Routinekontrolle?

Peggy
Nein, weil ich mein Auto getreten habe.

Wanda
Wie? Sie haben ihr armes Auto getreten?

Peggy
Armes Auto? Es kostete fast 40.000 Euro.

Wanda
Frau Dr. Freier, Hand aufs Herz! In den vergangenen Tagen.... also,entschuldigen Sie, wenn ich das so sage... also, in den vergangenen Tagen....Sie sind nicht die Alte...

Peggy
Mit 45 kommt man eben langsam ins Uralte.

Wanda
Sagen Sie das nicht einer 60-jährigen.

Peggy

Tut mir leid, Wanda. Ich werde offenbar schon mit 45 Jahren senil. (Sie bricht in Tränen aus) Und ich brauche ein paar Tage Auszeit. Sagen sie für diese Woche alle Termine ab.

Wanda

Himmel, was ist passiert?.....Das kann nur ein Mann sein!

Peggy

Hölle, das konnte nur mein Ex-Mann sein. Wanda kommen Sie mit in mein Zimmer! Ich muss Ihnen etwas eröffnen. Sehen Sie es als Betriebsgeheimnis an. Wenn Sie es ausplaudern, kündige ich Ihnen fristlos. Sie sind die einzige Person, der ich 100-prozentig vertraue. Kommen Sie!

Die beiden gehen in Peggys Zimmer, Wanda verschließt hinter sich die Tür.

Bild 19

Neuer Tag. Marina hantiert hinter der Theke, bedient Kunden; Felix steht an einem Tisch, trinkt seinen Cappuccino aus, isst seine Butterbrezel auf; dann bringt er das Geschirr zur Theke.

Marina
Danke, Dottore.

Felix
Noch immer keine Lust zum Tango, Marina?

Marina
Lust schon, aber...

Felix
Ihr Mann?!

Marina
Wir diskutieren noch.

Felix
Halten Sie mich auf dem Laufenden, Marina! Bis morgen. Ciao. (Geht, kehrt aber nochmals um). Übrigens, haben Sie diese Rechtsanwältin in der letzten Zeit gesehen? Sonst läuft man sich ständig über den Weg. Aber seit ein paar Tagen...

Marina
So läuft das! Der Tangotänzer wird mir untreu.

Felix
Was heißt hier untreu? Wir haben
noch nicht einen Schritt mit
einander getan.

Marina
Mein Mann.

Felix
Ich weiß, Ihr Mann. Und die
Rechtsanwältin?

Marina
Die war in den vergangenen Tagen
nicht hier. Vielleicht macht sie
Urlaub.

Felix
Wer weiß. Also ciao, Marina.

Marina
Ciao, Dottore.

Bild 20

Wanda am Schreibtisch in der Anwaltskanzlei; es klingelt an der Tür, sie
öffnet.

Felix
Guten...(erstaunt) Sie?

Wanda

(auch sie erkennt Felix wieder; mit hochgezogenen Augenbrauen) Guten Tag. Sie wünschen?

Felix

Hansen. Ich komme auf einen Kaffee?

Wanda

Wie bitte?

Felix

(zückt Peggys Visitenkarte):
Frau Dr. Freier hat mir neulich gesagt, ich könne zu einem Kaffee vorbeikommen.

Wanda

Wirklich? Sie sind ein...Klient?

Felix

Nicht dass ich wüsste. Vielleicht schätzt Sie einfach mein ehrliches Gesicht?

Wanda

Welcher Mann zeigt kein ehrliches Gesicht? Aber dahinter....

Felix

(ironisch) Sie haben ja Recht: Traue nie einem Mann mit einem ehrlichen Gesicht.

Wanda

Es ist schon schwierig, einer Frau zu trauen. Aber einem Mann...

Felix

Aber ganz offensichtlich hat mir Fr. Dr. Freier ihre Visitenkarte anvertraut. Darf ich fragen, mit wem ich die Ehre habe?

Wanda

Müller. Ich bin die Sekretärin von Frau Dr. Freier. Sie ist nicht da.

Felix

Schade. Später vielleicht?

Wanda

Im Augenblick ist Fr. Dr. Freier... auswärts beschäftigt. Aber versuchen Sie es in den nächsten Tagen wieder. Wie war nochmals Ihr Name?

Felix

Hansen. Dann probier ich es vielleicht nächste Woche wieder. Auf Wiedersehen, Frau...Frau...

Wanda

Müller. Auf Wiedersehen, Herr Hansen. (Sie sieht ihn prüfend an, man sieht ihr an, dass ihr

einiges durch den Kopf geht.) Einen
Augenblick noch. Sind Sie etwa der
Mann aus dem Backshop?

Felix
Nein, der Bäcker bin ich nicht. Ich
arbeite hier im Haus weiter oben in
der Nachrichtenagentur.

Wanda
Aber Sie haben sich im Backshop
kennen gelernt, Sie und Fr. Dr.
Freier?

Felix
(amüsiert) Wusste nicht, dass das
schon Stadtgespräch ist.

Wanda
Bürogespräch, Bürogespräch. Wenn
zwei Frauen unter sich sind...Ich
habe sie gewarnt.

Felix
(verwundert) Sie haben mich
gewarnt?

Wanda
Nicht Sie, die Fr. Dr. Freier. Ich
warne sie immer vor Männern. Kommt
nichts Gutes dabei heraus.

Felix

(ironisch) Welcher Mann kann Ihnen da widersprechen?

Wanda

Eben, keiner.

Felix

Na dann...einen netten Kanarienvogel haben Sie da. Auf Wiedersehen.

Wanda

Auf Wiedersehen. (Sie zögert überlegend einen Augenblick, Felix schon bei der Tür) Einen Augenblick noch. Mir fällt gerade ein: Heute ist der dritte Mittwoch im Monat.

Felix

Was Sie nicht sagen.

Wanda

Da hat Fr. Dr. Freier ihr Konzertabo. (Guckt ihn unschuldig an)

Felix

(begreift erst nicht, dann grinst er) Danke für den Tipp, Frau Müller. Auf Wiedersehen. (Verlässt das Büro)

Wanda
(sitzt etwas zweifelnd da) Ob das
das Richtige war? Aber vielleicht
tut ihr eine Abwechslung ganz gut.
(fragender Blick)

Bild 21

Beginn des Konzerts für Cello und Orchester von Edward Elgar mit dem melancholischen Adagio-Moderato. Peggy
im Saal guckt traurig. Felix weiter
hinten achtet weniger auf die Musik,
schaut suchend in der Runde herum.

Bild 22

Konzertpause, ein Teil der Besucher
strömt zu einer der Bars und wird dort
bedient.

Kellner
Wer ist der Nächste?

Peggy/Felix
(stehen auseinander, dazwischen
andere Personen) Ich.

Kellner guckt fragend zwischen den
beiden hin und her.

Peggy

(überrascht über die Anwesenheit von Felix, dann generös) Er.

Felix

(grinsend, generös) Sie.

Kellner

(zu Peggy) Sie wünschen?

Peggy

Sekt mit Orange.

Kellner

(zu Felix) Und Sie?

Felix

Das gleiche. (Während der letzten Worte stellt sich Felix zu Peggy)

Felix

Gute Abend, Frau Dr. Freier. Hansen, Felix Hansen. Einen Vorschlag zur Güte: Wir streiten zu Abwechslung nicht, und ich lade Sie zu dem Sekt ein.

Peggy

(schaut ihn noch immer verwundert an). O.k., mein Herr, aber ich lade Sie ein.

Felix
Warum Sie?

Peggy
Warum Sie?

Felix
Ich...

Peggy
Sagen Sie nicht: Ich bin der Mann.

Felix
Aber ich bin der Mann.

Peggy
Ein Mann. Kein Grund, den Sekt zu bezahlen.

Felix
(leicht verzweifelt) O.k., o.k. Zahlen Sie.

Peggy
(spöttisch) Haben Sie heute Ihren schwachen Tag?

Felix
Meinen mitleidigen Tag.

Peggy
(leicht betroffen) Mitleidigen Tag?

Felix
Sie sollen auch mal ein
Erfolgserlebnis haben.

Peggy
(lacht auf) Sie ahnen wohl, dass
Sie Ihren Sekt riskieren, mein
lieber Herr....Herr...

Felix
Hansen, Felix Hansen.

Peggy
Den mitleidigen Tag habe ich -
heute, Herr Hansen. (sie bezahlt
den Kellner, der die zwei Gläser
längst vor die beiden gestellt hat)
Stimmt so. (Nimmt beide Gläser und
gibt eins davon Felix)

Kellner
Danke. (Wendet sich anderen
Besuchern zu)

Peggy und Felix gehen an einen leeren Stehtisch in einer etwas ruhigeren
Ecke.

Peggy
(spöttisch) Auf ihr Wohl Herr...
Hansen.

Felix
Auf Ihr Wohl, Frau Freier.

Peggy
Woher wussten Sie, dass ich heute hier bin?

Felix
Sie wissen doch: Ich verfolge Sie.

Peggy
Ganz offensichtlich. Sie sind einfach nicht abzuschütteln. Sagen Sie nur: Sie interessieren sich für Musik?

Felix
Für Musik, Tango und Frauen. Und Sie?

Peggy
Für Musik, für Musik, für Musik.

Felix
Nichts Anderes?

Peggy
Nichts Anderes. Man, will sagen: frau ist da auf der sicheren Seite.

Felix
Das ist ganz offensichtlich eine Generaltendenz in Ihrem Büro.

Peggy

(erstaunt) Wie?

Felix

Ich war heute in Ihrem Büro,
um endlich den Kaffee dort
auszuprobieren.

Peggy

Wanda!

Felix

Eine charmante ältere Dame.

Peggy

Hören Sie...Sie Jungspunt. Wanda
ist ein Schatz.

Felix

Schätze sind immer älter.

Peggy

Und dieser Schatz hat was von Musik
geplaudert.

Felix

Wie man eben vom Kaffee auf die
Musik kommt.

Peggy

Kaffeehausmusik also. Dann dürfte
Ihnen dieses teilweise so
melancholische Cello-Konzert nicht

so gemundet haben.

Felix
Gewöhnlich tanze ich Melancholie.

Peggy
Wie bitte?

Felix
Ich tanze Tango Argentino. Und ein geflügeltes Wort sagt, dass es sich dabei um getanzte Wehmut handle. Und Sie?

Peggy
Und ich?

Felix
Tanzen Sie auch Tango?

Peggy
Ich muss das nicht tanzen - gibt auch so Grund zur Melancholie.

Klingel zur Ende der Konzertpause. Die Besucher, auch Peggy und Felix, machen sich auf den Weg zum Konzertsaal.

Felix
Darf ich mich nach dem Konzert revanchieren? Zum Beispiel eine Gulaschsuppe?

Peggy
(etwas spöttisch) Das muss ich mir noch schwer überlegen.

Peggy verschwindet durch einen der Konzertsaaleingänge. Felix schaut ihr nach.

Bild 23

Besucher strömen nach Konzertende aus dem Gebäude heraus. Felix wartet am Hauptausgang, endlich tritt auch Peggy heraus.

Felix
Ich verfolge Sie weiter.

Peggy
Sie sind ja eine wahre Klette, Herr Hansen.

Felix
Sie haben mir versprochen, dass ich mich revanchieren darf.

Peggy
Haben ich das? Na ja, mein Magen ist etwas leer...

Felix
Wie wäre es mit...

Peggy
...mit einer Gulaschsuppe? Nein, danke. Aber dort um die Ecke ist ein Chinese. (sie gehen in die Richtung los)

Felix:
Also Haifischflossensuppe. Schön, dass Sie mich begleiten.

Peggy
Also um das klar zu stellen: Sie dürfen mich begleiten.

Bild 24

Peggy und Felix haben im Chinarestaurant einen Tisch für sich, sitzen sich gegenüber und studieren die Speisekarte.

Felix
Keine Haifischflossensuppe.

Peggy
In China gäb's die natürlich. Aber auch Gulasch.

Felix
Wie bitte?

Peggy
Na, Ponypopo.

Felix
Was?

Peggy
Mann! Gulasch — Gaularsch. In China
essen die alles.

Felix
Sie waren schon in China?

Peggy
Ja.

Felix
Und haben...eh...Ponypopo gegessen?

Peggy
Gut möglich. In China kommt alles
auf den Tisch. Ist doch bekannt.

Felix
Ist doch bekannt. (Zur inzwischen
heran getretenen Bedienung) Einmal
Gemüsechopsuey, bitte.

Peggy
Sie wollen wohl auf sicher gehen.
Hasenfuß!

Bedienung
Haben wir nicht.

Peggy
Wie bitte?

Bedienung
Hasenfüße haben wir nicht. Aber
Enten- und Hühnerfüße. Sehr zu
empfehlen.

Peggy
Schade. Ich bin gerade scharf auf
Hasenfüße. Na ja, dann was anderes
Scharfes. (Blickt auf die Karte)
Dieses Huhn auf Sezuan-Art.

Bedienung
Und zum Trinken?

Peggy
Einen Jasmintee.

Felix
Ein Pils, bitte.

Peggy
(ruft der schon gehenden Bedienung
nach) Und bringen Sie mir bitte
Stäbchen!

Felix
Sie essen auch Stäbchen?

Peggy

Schlaumeier. Ich esse mit Stäbchen.

Felix

In China gelernt.

Peggy

In China gelernt. Das ist doch das halbe Vergnügen: Mit Stäbchen essen. Können Sie das etwa nicht?

Felix

War noch nie in China.

Peggy

Kann man auch in Deutschland lernen. Ich bringe es Ihnen bei.

Felix

Da sind Frauen natürlich im Vorteil. Schon als kleine Mädchen lernen sie, mit Stricknadeln zu hantieren.

Peggy

Vielleicht Ihre Oma. Stricknadeln! Leben Sie auf dem Mond?

Felix

Sie können nicht stricken?

Peggy

Verstricken Sie sich nicht in

Spekulationen. (Zur Bedienung, die die Getränke bringt) Und bringen Sie dem Herrn hier auch Stäbchen! Er will sich weiter bilden.

Felix
Hören Sie, Frau Freier. Ich bin Nachrichtenredakteur und habe eine profunde Halbbildung.

Peggy
Na, prima. Fehlt offenbar nur noch das Essen mit Stäbchen. Sie sollen bei einem künftigen Chinaeinsatz nicht Deutschland blamieren. (Die Bedienung bringt mit dem Essen auch Stäbchen). Danke. Also, Sie nehmen die Stäbchen so in die Hand.

Peggy macht es mit ihren Stäbchen vor. Felix versucht es nachzumachen. Stellt sich dumm an. Peggy schüttelt in komischer Verzweiflung den Kopf. Zuletzt steht sie auf, beugt sich von hinten über Felix, enge Berührung, führt mit ihrer Hand seine Hand und macht es ihm damit vor. Er genießt Ihren Busen auf dem Rücken. Sie merkt es und setzt sie sich wieder auf ihren Platz gegenüber.

Felix
Machen Sie ruhig weiter.

Peggy

So weit kommt es noch, dass ich
Sie rundum bediene. (Schaut zu,
wie er mit den Stäbchen kämpft
und sagt belustigt) Sie machen
Fortschritte.

Felix

Ich werde verhungert sein, wenn ich
fertig bin.

Peggy

Keine Angst. Wenn Sie noch ein Jahr
üben, können Sie es.

Felix

Ein Jahr?

Peggy

Na, so wie Sie sich anstellen.

Felix

Da bin ich gespannt, wie Sie sich
beim Tangotanzen anstellen werden.

Peggy

Wie bitte?

Felix

Sie sagten doch in der
Konzertpause, Sie wollten einmal
versuchen, Melancholie zu tanzen?

Peggy
Das träumten Sie wohl.

Felix
Geben Sie es einfach zu! Sie wagen
Sich nicht aufs Tanzparkett. Ich
habe mich an die Stäbchen gewagt.
Aber Sie! Sie Hasenfüßin!

Peggy zieht eines ihrer Beine unter
dem Tisch vor und hebt ihren Fuß hoch.

Peggy
Sieht das nach einem Hasenfuß aus?

Bild 25

Wanda füttert gerade den Kanarienvogel, Peggy kommt von draußen.

Wanda
(freudig) Frau Dr. Freier! Guten
Tag. Schön, Sie wieder zu sehen.

Peggy
Hallo, Wanda. Ja, es wurde Zeit,
die Arbeit wieder aufzunehmen. Aber
erst muss ich Ihnen die Ohren lang
ziehen.

Wanda
Wie das?

Peggy
Dieser junge Mann, der
Nachrichtenredakteur, der
mich ständig verfolgt, war im
Konzertsaal.

Wanda
(unschuldig) Was für ein Zufall.

Peggy
Zufall? Tun Sie nicht so
unschuldig! Er hat mir gestanden,
dass er hier im Büro war.

Wanda
Sie haben ihn zu einem Kaffee ins
Büro eingeladen.

Peggy
Direkt eingeladen habe ich ihn
nicht — aber erst recht nicht in
den Konzertsaal.

Wanda
Also ein Musikliebhaber.

Peggy
Wanda, tun Sie nicht so unschuldig.
Sie haben mir da was eingebrockt!
Jetzt muss ich Tango Argentino
lernen.

Wanda
Versteh' ich nicht.

Peggy
Melancholie tanzen.

Wanda
Sie sprechen in Rätseln.

Peggy
Ich kann da nicht kneifen.

Wanda
Ich verstehe noch immer nicht
richtig, aber für Tango sind Sie im
besten Frauenalter.

Peggy
(mit zwiespältigem Ausdruck)
Positiv im besten Frauenalter.
Fehlt nur noch Morbus Tango.

Bild 26

Felix wartet im Eingangsbereich eines
Tanzsportzentrums, wo Tango-Übungs-
abende stattfinden. Ein Diskjokey/eine
Diskjane legt Musik auf, einige Paare
tanzen, üben, andere sprechen Schritte
durch, korrigieren sich gegenseitig.
Peggy trifft ein, man schüttelt sich
die Hände.

Felix
Hallo, Frau Freier, guten Abend.
Pünktlich wie ein Maurer.

Peggy
Herr Hansen, guten Abend. Pünktlich
wie eine Rechtsanwältin.

Felix
Ich habe Ihnen ja erzählt, dass
heute freier Übungsabend ist. Da
fallen wir nicht auf. Auch wenn ich
weiß, dass Frauen immer auffallen
wollen.

Peggy
Was Sie nicht alles wissen.

Felix
Gestehen Sie es doch: Jede Frau
will positiv auffallen.

Peggy
(schluckt) Wenn Sie es sagen.

Felix
Zur Information: Hier beim
Tango duzen sich alle. Wenn Sie
einverstanden sind: Ich bin der
Felix.

Peggy
Peggy.

Sie beobachtet, wie einige Paare sehr
eng mit einander tanzen, Brust an
Brust, Kopf an Kopf. Sie atmet durch.
An Nachbartisch ein Paar, Frieda und
ihr Partner, beim Tanzschuhe anziehen.

Peggy
Einen Augenblick, bitte! Ich muss
Ihnen, ich muss dir, glaube ich,
noch etwas sagen. (mit Blick auf
das Paar nebenan) Nicht hier.
Draußen. (Sie geht hinaus, Felix
mit fragendem Blick hinterher)

Bild 27

Vor der Tanzsporthalle.

Felix
Hast Du kalte Füße bekommen?

Peggy
Ich habe kalte Füße. Ich muss
Ihnen, ich meine, ich muss dir
fairerweise etwas sagen.

Felix
Du hast ein Holzbein.

Peggy

So etwa...Ich bin...ich bin HIV-positiv.

Felix

(geschockt, lange Pause) Scheiße.

Peggy

(ernst) Das können Sie, das kannst du laut sagen. Wenn ich sehe, wie hier getanzt wird, solltest du wissen, mit welchem Schweiß sich da dein Schweiß vermischt....

Felix zögert einen Augenblick, dann umarmt er sie wortlos. Peggy, überrascht, lässt es passiv zu, klopft ihm dann aber auf den Rücken und tritt einen Schritt zurück.

Peggy

(Sie überspielt, dass sie dankbar ist für Felix' Geste) Schon gut, schon gut! Lassen wir das Dramatisch-Tragisch-Traurige mal außen vor.

Felix

O.k. Tanzen wir einfach. Tanzen ist immer... (er beißt sich auf die Zunge)

Peggy

Positiv. Machen wir es nicht zu
einem Tabu-Thema, aber es bleibt
unter uns. Bitte!

Felix
Mein Ehrenwort. Und jetzt gehen wir
rein und tanzen.

Peggy
Ich kann das doch gar nicht.

Felix
Prima. Das hast Du mir voraus. Ich
kann es schon halbwegs. Du darfst
noch alles lernen. Beneidenswert.

Peggy
Ich kann nicht Tango tanzen.

Felix
Du wiederholst dich. Du kannst
nicht tanzen, und deshalb machen
wir heute die ersten Schritte.
Tango Argentino ist vor allem
Schreiten.

Peggy
Na, das werde ich mit meinem
Holzbein noch schaffen.

Felix
(zögert überlegend einen
Augenblick) Ich muss Dir auch

etwas sagen. (Sie wenden sich nach
drinnen)

Peggy
Du hast zwei Holzbeine.

Felix
So etwa. Ich habe Morbus Menière.

Peggy
Morbus was? (schaut ungläubig) Soll
das ein Witz sein?

Felix
Leider nein. Das mit Morbus Menière
ist so... (Die beiden treten
hinein)

Bild 28

Felix und Peggy treten in den Vorraum
herein.

Felix
...und das ist also meine
Krankheit.

Peggy
Wir könnten eine Krankenstation
aufmachen.

Während des folgenden Dialogs ziehen

116

sich die beiden Tanzschuhe an.

Felix
Aber das Krankenhaus tanzt.

Peggy
Da bin ich gespannt.

Felix
Keine Angst.

Peggy
Wie kommst du darauf, dass ich
Angst haben könnte?

Felix
Für Anfängerinnen gibt es beim
Tango Argentino zwei goldene
Regeln.

Peggy
Und die wären?

Felix
Geduld haben, abwarten.

Peggy
(selbstironisch) Das ist meine
Haupttugend. Und die zweite Regel?

Felix
Nicht selbständig das Standbein
wechseln.

Bild 29

In der Anwaltskanzlei füttert Wanda
den Vogel.

Wanda
Na, Spatz. (zur hereintretenden
Peggy) Guten Morgen, Frau Dr.
Freier.

Peggy
Guten Morgen, Wanda. Gibt es etwas
Dringendes?

Wanda
Nein, nichts Dringendes. Aber
etwas Wichtiges. (Peggy schaut sie
fragend an). Die Besitzerin von
Spatz ist gestorben.

Peggy
Das tut mir Leid. Und was bedeutet
das? (Wanda schaut sie nur still
bittend an). Nein. (Wanda schaut
sie weiter nur still bittend an).
Nein. (Wanda schaut sie weiter
nur still bittend an, Peggy
resignierend). Na gut, aber nur bis
sich die Erben von diesem Vogel
gemeldet haben.

Wanda
Danke. (zum Vogelkäfig gewandt) Hast

du gehört, Spatz.

Peggy
Na, dann mach ich mich mal an die Akten.

Wanda
Erzählen Sie schon! Wie war der Tango?

Peggy
Nett.

Wanda
Nett? Wollen Sie mich auf den Arm nehmen?

Peggy
Spannend. Warum lernen Sie nicht auch Tango Argentino?

Wanda
Um mich an behaarte Männerbrüste drücken zu lassen? Nein danke.

Peggy
Felix erzählte...

Wanda
Wer ist Felix?

Peggy
Na, Herr Hansen von oben.

Wanda
Aha, Sie duzen sich.

Peggy
(grinsend) Beim Tango duzen sich
alle. Felix Hansen erzählte, dass
es einen großen Frauenüberschuss
gebe. Wie bei aller Tanzerei. Sie
könnten also Frauen an ihren Busen
drücken. Allerdings müssten Sie
dann führen.

Wanda
Und wie fühlt es sich an, dass ein
Mann Sie führt?

Peggy
Zugegeben: Eine große
Herausforderung. Aber Sie würden
ja sicher führen wollen. Ich weiß
jedoch nicht, was für Männer,
ich meine für die Führenden die
goldenen Regeln sind.

Wanda:
Es gibt goldene Regeln?

Peggy
Für die Anfängerin.

Wanda
Und die wären?

Peggy

Die wichtigste Regel ist: Geduld haben und warten, bis vom Mann ein Impuls kommt.

Wanda

(dick aufgetragen) Ihre Haupttugend.

Peggy

Wer weiß....vielleicht lerne ich das auch noch.

Wanda

Übrigens habe ich „Tango Argentino" gegoogelt und ein Zitat von einem argentinischen Dichter gefunden, Borges... (spricht es Deutsch aus)

Peggy

Spanisch spricht man das Borches aus.

Wanda

Egal. Auf jeden Fall schreibt er: "Früher war der Tango eine orgiastische Teufelei; heute ist er eine Art zu schreiten."

Peggy

Schöne alte Zeiten!

Bild 30

Wohnzimmer von Felix mit Esstisch in einer Ecke. Die beiden haben gerade das Abendessen beendet.

Peggy
Kompliment, Felix. Du kannst nicht nur tanzen, sondern auch kochen.

Felix
Hast du jemals an meinen Qualitäten gezweifelt?

Peggy
Nie! Nie! Nie!

Felix
Ich glaube dir kein Wort. Ich werde dir nie ein Wort glauben. Aber du sagst alles umwerfend eindrucksvoll. (Peggy grinst). Und jetzt tanzen wir Tango. Hilf mir mal mit dem Teppich!

Die beiden rollen zusammen den Teppich zusammen, der in der Mitte des Raums auf dem Parkettboden liegt. Dann legt Felix eine CD ein, Tangomusik erklingt.

Peggy
(schaut auf ihre Uhr) Du hast 60

Minuten für deine Tanzstunde.
(Felix schaut sie fragend an). Dann
muss ich nach Hause. Mein Bett
wartet — dort.

Felix reagiert mit einem etwas verun-
glückten Lächeln und beginnt mit ihr
zu tanzen.

Bild 31

Peggy tritt in die Arztpraxis, eine
neue Arzthelferin empfängt sie.

2. Arzthelferin
Guten Tag.

Peggy
Guten Tag. Ein neues Gesicht.
Frau...?

2. Arzthelferin
Elke Braun. Ich habe hier vor drei
Monaten angefangen.

Peggy
Vor über einem Vierteljahr war ich
zuletzt hier.

2. Arzthelferin
Sie haben einen Termin Frau...?

Peggy
Freier, Peggy Freier. Ja ich bin
mit Dr. Werkmann verabredet.

2. Arzthelferin
(hat in das Terminbuch geschaut)
Frau Dr. Freier. Kommen Sie doch
bitte gleich mit.

Die Arzthelferin führt Peggy ins Arztzimmer, wo Thomas sitzt.

2. Arzthelferin
Frau Dr. Freier. (schließt dann von
draußen die Tür)

Thomas
Hallo, Peggy (flüchtige Umarmung)

Peggy
Hallo, Onkel Thomas. (beide setzen
sich)

Thomas
Du siehst gut aus. Und deine Werte
sind alle gut — im Rahmen des
Gegebenen.

Peggy
(ironisch) Im Rahmen des Gegebenen.

Thomas
Du weißt, dass ich dich nicht

heilen kann. Aber du kannst weiter
leben und wirst weiter leben. Wie
fühlst du dich denn?

Peggy
(ironisch) Blendend.

Thomas
Sei bitte für einen Moment ernst!

Peggy
O.k. (Übertrieben ernsthaft) Ab und
zu fühle ich mich sehr müde.

Thomas
Wann? Wie?

Peggy
Wenn ich vier Stunden Tango getanzt
habe.

Thomas
Peggy, du bist unverbesserlich.
Und du stiehlst mir meine Zeit.
Vier Stunden Tango — da wär' ich
am Boden zerstört. Ich sehe schon,
dass du dich nicht unterkriegen
lässt. Recht so! Wir sehen uns in
einem Vierteljahr wieder. Lass dich
umarmen! Und tschüss.

Bild 32

Felix steigt aus Bus/Straßenbahn und
geht die paar Schritte zum Haus mit
der Arztpraxis, wartet an der Haustür,
schaut auf die Uhr, auf der anderen
Straßenseite kontrolliert besagte Politesse die parkenden Autos auf Parkscheine. Peggy tritt aus dem Haus und
tut ganz erstaunt.

Peggy
Hallo Felix, was tust du denn hier?

Felix
Aber...ich Esel fall noch immer auf
deine Tricks herein. (sie tauschen
Wangenküsschen aus) Hallo, Peggy,
du weißt doch, dass ich dich
verfolge. Alles in Ordnung?

Peggy
Alles im positiven Rahmen.

Felix
Wo steht dein Auto?

Peggy
Auf der anderen Straßenseite (Peggy
hat noch nicht rübergeblickt und
die Politesse noch nicht gesehen)

Felix
Jetzt gehen wir erst einmal eine
Kleinigkeit essen. Und dann später
zum Rummelplatz. Wir fahren
Karussell.

Peggy
Ist das nicht eine morbide
Idee bei Morbus Menière und
Drehschwindelanfällen?

Felix
Altes homöopathisches Rezept:
Gleiches mit Gleichem behandeln.

Peggy
(ironisch) Das muss ich meinem Arzt
erzählen.

Felix
Also, was sagst du zu meinem
Vorschlag?

Peggy
Mit dem Essen oder mit dem
Karussellfahren?

Felix
(stöhnend) Mit dem Tango-Festival
in Paris. Ich hab doch schon ein
paar Mal davon erzählt. Wir müssten

bald buchen.

Peggy
Und wie stellst du dir das vor?

Felix
Wenn du mitmachst, melde ich uns an und buche ein Hotelzimmer.

Peggy
(übertrieben empört) Ein Zimmer?

Felix
Warum? Schnarchst du?

Peggy
Was? Dir werd ich's zeigen!

Sie droht ihm übertrieben theatralisch ihn mit ihrer Handtasche zu schlagen; er tut so, als habe er Angst und läuft davon; komische Verfolgungsjagd über die Straße, die Politesse steht jetzt in der Nähe von Peggys Auto. Politesse erstarrt bei Peggys Ankunft, Peggy grinst und klopft aufs Dach.

Peggy
Keine Angst! Heute trete ich höchstens diesen frechen Kerl da. (deutet auf Felix)

Peggy und Felix steigen ins Auto. Politesse glaubt Felix zu kennen, ist sich zunächst nicht sicher, überlegt angestrengt. Gerade als das Auto abfährt, fällt bei ihr der Groschen.

Politesse
Hallo, Felix! (winkt dem Auto nach)

Bild 33

Peggy am Steuer, Felix auf dem Beifahrersitz. Sie sind losgefahren.

Peggy
(schaut in den Rückspiegel) Jetzt winkt sie uns noch nach, die Politesse.

Felix
Kennst du sie denn?

Peggy
Noch jemand, der mich verfolgt. Aber sie schien dich zu kennen. Hast du auch mal dein Auto getreten?

Felix
Auto getreten? Versteh ich nicht. Ich hab dir doch erzählt, dass ich meinen Wagen verkauft habe. Am Steuer von einem Schwindelanfall

überrascht zu werden, das will ich
mir und niemandem zumuten.

Peggy
Aber Karussellfahren willst du.

Felix
Ich sagte doch: Das ist so eine Art
Therapie.

Peggy
Ein Glück für dich, dass ich als
Schutzengel dabei bin.

Felix
Ja, wird mir schwindlig, stürze ich
mich in deine Arme.

Peggy
Hättest du wohl gerne. Nein, aber
wird dir schwindlig, verklagen
wir den Karussellbetreiber auf
Schmerzensgeld.

Felix
Peggy, du bist ein Scheusal.

Peggy
(zufrieden schmunzelnd)Nicht
wahr!…Wie ist das nun mit dieser
Frau?

Felix
Welche Frau?

Peggy
Diese Politesse.

Felix
Keine Ahnung. Vielleicht tanzt sie
Tango.

Peggy
Du tanzt mit ihr Tango?

Felix
Vielleicht habe ich irgendwann
einmal mit ihr getanzt.

Peggy
Aber daran erinnert man sich doch.

Felix
Peggy, ich habe mit Tausend Frauen
Tango getanzt. Wie soll ich mich da
an jede einzelne erinnern?

Peggy
Ich glaube dir kein Wort.

Bild 34

Felix und Peggy fahren nebeneinander
mit dem Kettenkarussell, als das Ka-

russell zum Stehen kommt, beugt sich
Felix hinüber und gibt Peggy einen
Kuss.

Felix
Danke für deine fürsorgliche
Begleitung.

Peggy
(theatralisch) Mir wird schwindlig.
Was für ein Karusellkuss!

Felix
(beim Hinuntersteigen vom Karussel
spielt er den Schwindligen) Mir
wird schwindlig. Halt mich, halt
mich!

Peggy, erst erschrocken, hält ihn, er
klammert sich an sie, doch merkt sie
den faulen Schwindel und boxt ihn lachend weg. Die beiden gehen über
den Rummelplatz und kommen zu einer
Schießbude.

Felix
(gibt an) Jetzt zeige ich Dir was
ein Meisterschütze ist. Eine Rose
oder einen Bären?

Peggy
Ein Tanzbär reicht mir.

Felix
(zu der Schießbudenbesitzerin)
Hallo, gnädige Frau. Drei Schuss,
bitte. (Legt ihr die Euros hin)

Schießbudenbesitzerin
(reicht ihm das Gewehr) Hier,
bitte.

Felix
(zu Peggy gewandt) Jetzt pass mal
auf! (beginnt beim Zielen etwas
zu schwanken — ihm ist doch etwas
schwindlig -, schwenkt dabei das
Gewehr)

Schießbudenbesitzerin
(bringt sich in Deckung) Passen Sie
doch auf!

Peggy
Felix! (Sie ist nicht sicher, ob er
nur Komödie spielt, nimmt ihm dann
aber das Gewehr aus der Hand) Ich
glaube, heute ist nicht dein Tag.
Lass mich mal! (Schießt, eine Rose
fällt)

Felix
Bravo!

Peggy
(zu der Schießbudenbesitzerin, die

ihr die Rose hinlegt) Danke. (Gibt das Gewehr zurück)

Schießbudenbesitzerin
Sie haben noch zwei Schuss.

Peggy
Wir wollen nicht übertreiben.
Eine Rose ist für den Herrn genug. (reicht Felix die Rose)
Und dafür spendierst du jetzt der Schützenkönigin einen Haufen Zuckerwatte.

Felix
Zuckerwatte?

Peggy
Hab' ich seit 30 Jahren nicht mehr gegessen.

Bild 35

Wanda klopft an die Tür zum Zimmer von Peggy, die an ihrem Schreibtisch arbeitet und tritt ein.

Wanda
Frau Dr. Freier, ich soll sie daran erinnern...heute Abend...

Peggy
Ja, ich weiß, Tanzübungsabend mit Felix.

Wanda
Geburtstagsfeier bei Dr. Werkmann.

Peggy
Verflixt! Über den Tango habe ich das total vergessen.

Wanda
Ich ahnte es. Wenn ein junger Mann...

Peggy
Wanda, Wanda! Aber Sie haben Recht. Onkel Thomas ist wirklich älter. Wäre etwas für Sie, Wanda.

Wanda
Ein Mann??

Peggy
Es ist der 65. Geburtstag meines Nennonkels. Und dabei habe ich das Geschenk schon vor langem gekauft. Dass ich das vergessen habe!

Wanda
Sagen Sie Ihrem Tangolehrer ab.

Peggy

Absagen? (Sie überlegt einen
Augenblick, dann strahlt sie
diebische Freude aus) Ich schicke
Sie hin.

Wanda

Zum Absagen?

Peggy

(gemein grinsend) Zum Tanzen!

Wanda

(ungläubig protestierend) Das kommt
nicht in die Tüte!

Peggy

(die sich mit jedem Wort für die
Idee mehr begeistert) Liebe Wanda.
Erstens: Sie klagen immer darüber,
dass sie zu dick seien. Also
brauchen Sie Bewegung. Und was ist
da angenehmer als Tanzen? Das ist
viel spannender als Joggen oder
Gymnastik. Und es macht Spaß.

Wanda

Warum sollte mir ein Mann Spaß
machen?

Peggy

Der Mann nicht, aber das Tanzen.
Felix bringt Ihnen bei, wie man

beim Tango führt — und dann tanzen sie mit Frauen. Dann können Sie mit Tausend Frauen tanzen.

Wanda
(skeptisch) Mit Tausend?

Peggy
Ja, ja. Beim Tango gibt es fast immer einen Frauenüberschuss. Lernen Sie führen. Dann sind Sie Hahn im Korb.

Wanda
Hahn im Korb?

Peggy
Sie haben Recht. Das falsche Bild. Also dann sind sie Glucke im Korb mit einem Haufen süßer Küken am Hals.

Wanda
(noch nicht richtig überzeugt) Das hört sich schon besser an. Und er?

Peggy
Und wer?

Wanda
Na, der Herr Hansen. Wenn ich plötzlich an Ihrer Stelle vor ihm stehe...

Peggy

(maliziös lächelnd) ...wird er entzückt sein.

Wanda

(sarkastisch) Na klar. Er wird zucken vor Entzückung.

Peggy

Wirklich. Er hat so eine pädagogische Ader.

Wanda

Aber ich bin eine alte Frau.

Peggy

Er steht auf ältere Frauen. Sehen Sie mich an!

Wanda

Und wenn doch nicht?

Peggy

Dann sagen Sie ihm: Rechtsanwältin Dr. Freier behält sich rechtliche Schritte vor, wenn er Zicken macht.

Wanda

Aber...

Peggy

Kein Aber! Das ist eine Dienstverpflichtung. Dafür bekommen

Sie morgen Vormittag frei.

Wanda
Sollten wir ihn nicht anrufen....

Peggy
...und ihn vorwarnen? Auf keinen
Fall! Männer lieben Überraschungen.

Wanda
Und das wird eine liebe
Überraschung für Herrn Hansen.

Peggy
Für Felix! Beim Tango duzen sich
alle.

Bild 36

Geburtstagsfeier im Hause des Arztes;
meist ältere Damen und Herren; alle
mit Sektglas in der Hand.

Festredner
...und so erheben wir alle die
Gläser und stoßen auf Deine
Gesundheit an. Das Geburtstagskind
lebe hoch, hoch, hoch (alle stimmen
am Ende ein, stoßen mit Thomas an
und trinken)

Peggy
(gibt Thomas einen Kuss) Lieber
Onkel Thomas, nochmals alles Liebe
und Gute. Bleib gesund!

Thomas
Danke, liebe Peggy. Und Du lass
Dich nicht unterkriegen. Genieße
das Leben...

Peggy
...so lange ich lebe.

Thomas
Peggy, Peggy, du wirst älter als
ich werden. Glaub's mir. Du machst
übrigens einen guten Eindruck.

Peggy
(Salopp) Ich mache immer einen
guten Eindruck.

Thomas
Ja, das machst Du. Selbst...

Peggy
Selbst wenn ich HIV-positiv bin und
Tango tanze. Warum fängst Du nicht
auch damit an? Es tanzen sogar
Gesunde.

Thomas
Tatsächlich? Es gibt gesunde

Menschen?

Bild 37

Felix zieht sich im Tanzsportzentrum
seine Tanzschuhe an, schaut auf die
Uhr; wechselt ein paar Worte mit anderen Tänzern und Tänzerinnen; Wanda
tritt ein und geht zu Felix.

Wanda
Guten Abend.

Felix
Hallo, zum ersten Mal hier?
(stutzt) Frau...Frau Müller. Sie
hier? Entschuldigen Sie, dass ich
Sie nicht gleich erkannt habe. Aber
in dieser Umgebung…

Wanda
Tja, die Umgebung. Ich hätte Sie
vermutlich auch nicht sofort wieder
erkannt — zum Beispiel in der
Sauna. Einen schönen Gruß von Frau
Dr. Freier.

Felix
Ist was passiert?

Wanda
Sie hat überraschend einen

dringenden, unaufschiebbaren
Termin. Sie verstehen?

Felix
Ich verstehe nicht, aber....

Wanda
...und da hat sie mich geschickt.

Felix
Um mir das mitzuteilen?

Wanda
Um für Frau Dr. Freier
einzuspringen, als Vertretung
sozusagen.

Felix
(perplex, weiß nicht recht, was er
sagen soll, schließlich stotternd)
Ein fürsorglicher Zug Ihrer Chefin.
Und Sie tanzen Tango?

Wanda
Noch nicht, noch nicht. Sie
sollen es mir beibringen. Die
Führungsarbeit, die Männerschritte.

Felix
(noch immer konfus) Die
Männerschritte.

Wanda
Ich will mit Frauen tanzen. Männer
sind so...ich ziehe Frauen vor.

Felix
Ob ich da der Richtige bin?

Wanda
Keine Angst, ich beiße Sie nicht.
Ich bin Vegetarierin.

Felix
Sehr beruhigend. Probieren wir's
also, Frau Müller.

Wanda
Wanda. Ich bin die Wanda. Beim
Tango duzen sich doch alle, nicht
wahr - Felix?

Bild 38

Abschiedsumarmung von Peggy und Thomas
vor der Haustür. Sie setzt sich in ihr
Auto und fährt davon.

Bild 39

Felix und Wanda treten in ein Lokal,
setzen sich an einen freien Tisch.

Felix
Ich hab' einen Mordsdurst.

Wanda
Und eine Kleinigkeit würde ich auch essen.

Bedienung
Guten Abend.

Felix/Wanda
Guten Abend.

Felix
Ich nehm' ein großes Alsterwasser.

Wanda
Und ich ein großes Apfelsaftschorle.

Felix
Haben Sie noch eine Kleinigkeit zu essen?

Bedienung
Bulette mit Gurke.

Wanda
Oder?

Bedienung
Gurke mit Bulette.

Felix
Was für eine Auswahl!

Wanda
Ich bin Vegetarierin. Ich nehme
zwei Gurken.

Bedienung
Gibt's nicht.

Felix
Und ich nehme zwei Buletten.

Bedienung
Gibt's nicht. Nur Bulette mit
Gurke.

Felix
(genervt) Hören Sie: Bringen sie
zwei Mal Bulette mit Gurke! Den
Rest machen wir schon.

Frieda kommt in das Lokal, schaut sich
um, alle Tische besetzt, sieht Felix
und kommt an den Tisch.

Frieda
Hallo Felix, darf ich mich zu euch
setzen.

Felix
Klar, Frieda. Darf ich dir Wanda

vorstellen. (zu Wanda) Das ist
Frieda. Sie tanzt auch Tango.

Wanda/Frieda
(jeweils) Hallo.

Felix
(zu Frieda, die sich gesetzt hat)
Wo hast du deinen Tänzer gelassen?

Frieda
Der musste nach Hause. (Zu der
Bedienung, die gerade die Getränke
bringt) Mir bitte auch ein großes
Apfelsaftschorle. (Dann zu Wanda
gewandt) Ich habe Euch vorher
im Tanzsportzentrum gesehen.
Felix hat dich also unter seine
Fittich genommen, Wanda? (Wanda
strahlt wortlos Frieda an, die ihr
offensichtlich gut gefällt)

Bild 40

Peggy kommt gerade vom Aufzug, hört
durch die Tür ihrer Kanzlei leise Tangomusik, öffnet, laute Tangomusik,
sieht Wanda mit dem Vogelkäfig in den
Armen Tango tanzen.

Peggy
Hallo, Wanda. Ich sehe: Der
gestrige Abend war ein Erfolg.

146

Wanda
(stellt Käfig ab und Musik aus)
Guten Morgen, Frau Dr. Freier. Ja,
ich habe Sie vertreten, so gut ich
konnte.

Peggy
Schön....und er hat mich nicht
vermisst?

Wanda
Nein...ich meine, ja. Er war
so galant, sich nicht groß was
anmerken zu lassen. Er ist dafür,
dass er ein Mann ist, akzeptabel —
dieser Felix.

Peggy
Felix?

Wanda
Aber Sie wissen doch: Beim Tango
duzen sich alle.

Peggy
Wie habe ich das nur vergessen
können. Und Sie können jetzt Tango
tanzen?

Wanda
Na ja. Der Anfang vom Anfang ist
gemacht. Meint er.

Peggy
Meint Felix.

Wanda
Meint Felix.

Peggy
Na, da bin ich gespannt, mit wem
von uns beiden sich unser Felix
nächstes Mal zum Tango treffen will.

Wanda
(treuherzig) Keine Angst, Frau
Freier. Ich werde mich mit Frieda
treffen.

Peggy
Frieda?

Wanda
Ein süßer Fratz. Sie wissen doch:
Frauenüberschuss beim Tango.

Peggy
Tja, der Frauenüberschuss beim
Tango. Bin gespannt wie das
demnächst in Paris sein wird.

Wanda
Das Tango-Festival! Ich beneide Sie
darum.

Peggy
Sprechen Sie mit Frieda!

Bild 41

Taxi fährt durch die Innenstadt von
Paris, Eifelturm im Hintergrund, hält
vor einem Hotel. Es steigen der Taxi-
fahrer, Felix und Peggy aus. Der Ta-
xifahrer holt zwei Koffer aus dem Kof-
ferraum und stellt sie auf den Gehweg.
Felix und Peggy ziehen ihren jeweiligen Koffer zum Hoteleingang.

Bild 42

Peggy und Felix treten ins Foyer des
Hotels, holen an der Rezeption den
Zimmerschlüssel ab, gehen zum Aufzug
und treten hinein. Tür schließt.

Bild 43

Die beiden fahren im Aufzug hoch. Im
Aufzug ein Plakat zum Tango-Festival
mit Foto des Showtanzpaars in theatralischer Pose. Peggy und Felix versuchen ihre jeweilige Nervosität zu
überspielen und betrachten das Plakat.

Peggy
Und du wirst mich so führen?

Felix
Wenn du dich dazu verführen
lässt...

Bild 44

Die beiden treten aus dem Aufzug, gehen zu ihrem Hotelzimmer.

Felix
Hier, Nr. 42. (schließt die Tür
auf, öffnet sie und lädt Peggy zum
Eintreten ein)

Peggy
(schaut in das Zimmer) Schön, unser
Krankenzimmer.

Bild 45

Felix macht hinter Peggy und sich die
Hotelzimmertür zu, schaut sich um.

Felix
Krankenzimmer?

Peggy
Gestatten: HIV-positiv.

Felix
Gestatten: Morbus Menière.

Peggy
Manchmal habe ich den Verdacht,
dein Drehschwindel ist nur ein
großer Schwindel, eine große
Schwindelei.

Felix
Du meinst, ich hätte das erfunden?
Nein, liebe Peggy. Aber vielleicht
bist du ja gar nicht positiv.

Peggy
Du meinst, ich hätte das erfunden.
Nein, lieber Felix. So verrückt bin
ich nun auch wieder nicht.

Felix
(Theatralisch sich ihr nähernd)
Aber ich bin verrückt - nach dir.

Peggy
Diese morbiden Kranken... (Felix
küsst sie, sie küssen sich,
Peggy schnappt nach Luft) Keine
Grenzüberschreitung! Es reicht,
wenn ich positiv bin.

Felix
Die Grenzen sind weit gesteckt.
Ich habe mich informiert. Ich darf

praktisch alles: Dich auf den Mund
küssen, dich auf den Busen küssen,
dich auf den Po küssen...

Peggy
Du darfst? Ich kann mich nicht
erinnern, dir irgend etwas erlaubt
zu haben...he.. (Felix umarmt sie
wild, beide fallen aufs Bett, er
auf sie, dann stoppt er, dreht sich
mit glasigen Augen zur Seite)

Felix
Nein, nicht gerade jetzt.

Peggy
Was ist?

Felix richtet sich etwas benommen auf,
geht schwankend ins Bad, zieht die
Tür halb hinter sich zu. Peggy ist
alarmiert, erschreckt, geht unschlüs-
sig zur Badezimmertür, wartet dort
lauschend, klopft schließlich.

Peggy
Felix!? Was ist? Kann ich dir
helfen?

Peggy will Tür aufmachen, aber da geht
sie auf, Felix kommt mit nur hochge-
zogener Hose auf allen Vieren heraus,
Peggy tritt erschrocken zur Seite.

Felix krabbelt aufs Bett und legt sich rückwärts drauf, alle Viere von sich streckend.

Peggy
(setzt sich neben ihn aufs Bett)
Felix, du machst mir Angst.

Felix
(hat in der einen Hand eine Schachtel mit Beruhigungszäpfchen, reicht sie Peggy zum Angucken)
Tut mir leid. Ich bin jetzt für eine Stunde oder so außer Gefecht gesetzt. (jammernd) Gerade jetzt!

Peggy
Armer Felix. Hast du Schmerzen?

Felix
Nein, nein. Wenn ich mich aufrichte, wird mir halt übel und schwindlig. Im Liegen geht's.

Peggy
Sicher?

Felix
Bin ich nun der morbide Kranke oder was?

Peggy legt sich neben ihn aufs Bett, küsst ihn zart; er will sich etwas aufbeugen, doch wegen Schwindels sofort wieder in die Horizontale.

Peggy
Wir sind schon ein krankes Pärchen. (beugt sich über Felix). Im Grunde kann ich mich ja nicht beklagen. Ein junger Mann — mir hilflos ausgeliefert. (setzt sich auf ihn, er will sich aufbeugen, doch sinkt seufzend zurück) Keine Überanstrengung, lieber Felix! Bleib schön liegen! Lass nur eine erfahrene Frau machen.

Sie beginnt ihm das Hemd aufzuknöpfen, er versucht erneut vergeblich, sich aufzurichten, sinkt zurück und sie fährt fort.

Bild 46

Saal, in der die Milonga stattfindet. Orchester. Letzter Teil der Showeinlage des argentinischen Tanzlehrerpaars. Die Tangotänzer/innen an den Wänden stehend und davor auf dem Boden sitzend. Peggy und Felix darunter. Großer Applaus. Moderator tritt zu dem Tanzpaar in der Mitte.

Moderator
Lieber Pedro, liebe Manuela, vielen
Dank für die Zugabe. Ihr seht und
hört, wie ihr uns alle begeistert
habt mit eurem göttlichen Tanz.
(überreicht Manuela mit Küsschen
einen Blumenstrauß, Pedro eine
Sektflasche) Liebe Tangueras und
Tangueros, das Orchester spielt
jetzt für alle weiter.

Musik setzt ein, die Leute füllen den
Tanzsaal und tanzen, darunter Felix
und Peggy.

Bild 47

Peggy und Felix treten aus dem Ball-
saal heraus, verschwitzt und müde,
fächeln sich frische Luft zu; dann umarmen sie sich, küssen sich; plötzlich
bricht Peggy in Tränen aus, sinkt in
die Hocke; Felix bestürzt, sinkt auch
nieder, umarmt sie.

Felix
Peggy!

Peggy
Ich habe Angst. Mir geht es so gut
hier. Mit dir, mit dem Tanzen. Aber
ich bin HIV-positiv.

Felix
(hält sie weiter im Arm) Peggy, ich
bin bei dir.

Peggy
(fängt sich; wieder die
Schnoddrige) Und ich bin zehn Jahre
älter, und spätestens in zwanzig
Jahren suchst du dir eine junge
Tangotänzerin.

Felix
(hält sie weiter im Arm) Peggy,
ich bin bei dir.

Peggy
(macht sich los, trocknet ihre
Tränen ab) Felix, du wiederholst
dich...wiederhole dich weiter!
(Küsst ihn)

Aus dem Saal dringen Milonga-Klänge.

Felix
Komm! Statt eines melancholischen
Tangos jetzt eine muntere Milonga
in den Boden gestampft.

Peggy
O.k. Aber nicht mehr als drei
Milongas. Dann gehen wir in unser
Zimmer zurück — oder (guckt ihn
schelmisch an) bekommst du wieder

einen Schwindelanfall?

Bild 48

Wanda füttert den Vogel, pfeift ihm
was vor, setzt sich an Schreibtisch,
Peggy tritt ein.

Wanda
Guten Morgen, Frau Dr. Freier. Heil
aus Paris zurück?

Peggy
Guten Morgen, Wanda. Ja, heil, aber
müde. Wie geht es Ihnen und ihrem
Spatz?

Wanda
(grinst) Spatz oder Fratz?

Peggy
O.k. In der Mittagspause erzähle
ich Ihnen vom Festival und sie
mir von Frieda. Und jetzt machen
Sie mir bitte einen doppelten
Espresso. Ich nehme an, dass mein
Schreibtisch voller Post ist.

Bild 49

Peggy arbeitet an ihrem Schreibtisch.

Es klopft und Wanda streckt ihren Kopf
zum Türspalt herein.

Peggy
Wanda, was ist denn schon wieder?

Wanda
Ein Klient für Sie.

Peggy
Unangemeldet?

Wanda
Unangemeldet.(Nach hinten)
Hereinspaziert!
Felix kommt herein, Peggy blickt ihn
erstaunt an, dann gespielt ernst.

Peggy
Sie wünschen, Herr Hansen?

Wanda
(im selben gespielt ernsten Ton)
Kaffee für Sie beide?

Peggy
Ja, ja.

Felix
Danke, Wanda.

Peggy
(hat sich erhoben, tut erst so,

als wolle sie ihm formell die Hand geben, doch dann Kuss) Felix?

Felix
Hallo Peggy, ich brauche deinen Rat.

Peggy
(schaut ihn gespielt verwundert an) Du bittest um den Rat einer Frau? Seit wann denn das?

Felix
Mein Chef will mich feuern.

Peggy
Oho!

Felix
Ja, ich brauche Rechtsbeistand. Sag mir einfach den Namen eines guten Arbeitsrechtlers in der Stadt?

Peggy
Den besten?

Felix
(seufzend) Den besten.

Peggy
Du stehst gerade vor ihm.

Felix
Dachte ich es mir doch.

Es klopft. Wanda bringt zwei Tassen Kaffee und stellt sie auf den Schreibtisch.

Felix/Peggy
Danke.

Wanda schaut die beiden neugierig an und geht wieder, die Tür hinter sich schließend. Peggy setzt sich hinter den Schreibtisch, Felix davor. Peggy dreht eine vor ihr stehende Sanduhr um, der Sand beginnt zu rieseln. Felix schaut sie fragend an.

Peggy
(scheinbar todernst) Als Rechtsberaterin ist mir jede Minute kostbar — und dir teuer. Schießen Sie los, Herr Hansen!

Bild 50

Im hochgehenden Fahrstuhl zieht sich Peggy, Felix neben sich, vor der Spiegelwand die Lippen nach.

Felix
(nervös) Peggy.

Peggy
Nur ruhig, Felix! Beim folgenden
Tanz bin ich die Expertin.

Bild 51

Großraumbüro, Chefzimmer extra, Chefredakteur sitzt in seinem Zimmer hinter seinem Schreibtisch und kanzelt
gerade eine Praktikantin ab, die vor
dem Schreibtisch steht.

Chefredakteur
(cholerisch und arrogant) Frau
Meier, ein Artikel mit einer
Quelle. Wo gibt's denn so etwas.
Sie wissen doch: Drei Quellen sind
bei uns das Minimum. Zurück an
Ihren Bildschirm, und wagen Sie es
nicht noch einmal, mir so etwas
vorzusetzen.

Die junge Frau verschwindet; es klopft
an der offenen Tür, Felix schaut herein.

Chefredakteur
Hansen, was wollen Sie denn
noch? Die Sache ist gelaufen.
Arbeiten Sie die letzten Wochen

vernünftig auf Volldampf, sonst
kriegen sie noch ein beschissenes
Abgangszeugnis. Der Worte sind
genug gewechselt.

Felix
Mit mir vielleicht schon,
Chef — aber nicht mit meinem
Rechtsbeistand. Darf ich
vorstellen: Rechtsanwältin Frau Dr.
Freier, Expertin in Arbeitsrecht.

Peggy tritt herein, Chef überrascht,
will sich aus dem Sessel erheben.

Peggy
Bleiben Sie ruhig sitzen, Herr
Schulz! (Sie stellt sich vor
den Schreibtisch, stellt ihre
Aktentasche darauf, zieht ein
Schriftstück hervor) Die Kündigung
an Herrn Felix Hansen. (Zerreißt
das Blatt) Einfach lächerlich. (zu
dem Chefredakteur, der sich erneut
erheben will) Bleiben Sie sitzen!
(Er sinkt zurück; und zu Felix):
Und Sie, Herr Hansen, Sie warten
bitte draußen!

Bild 52

Felix schließt die Tür von außen,

steht im Flur, sieht sich um, der Korridor ist gerade menschenleer, schaut durchs Schlüsselloch, dann drückt er ein Ohr an die Tür. Im Folgenden sieht man, wie Felix, das Ohr an der Wand mimisch und mit Gesten das Gehörte mitbegleitet: ballt Fäuste, verzerrt Gesicht, grinst diabolisch, zeigt Stinkefinger etc.
Nach und nach schauen ihm Kolleginnen und Kollegen zu und verfolgen gebannt die Show von Felix. Er richtet sich am Ende zufrieden auf, sieht seine Kollegen und zeigt triumphierend das V-Zeichen; die Tür öffnet sich, Peggy tritt heraus, zwinkert ihm zu.

Peggy
(flüsternd) Ich warte im Backshop. (Dann laut rufend) Herr Hansen, Ihr Chef will Sie sprechen! (Geht, der Belegschaft freundlich zunickend)

Felix wartet kurz, dann tritt er ein; sein Chef sitzt wie ein Häuflein Elend hinter seinem Schreibtisch, als Felix an den Schreibtisch kommt, macht der Chef die Andeutung eines begrüßenden Aufstehens, deutet dann auf einen Stuhl.

Chefredakteur
Herr Hansen, setzen Sie sich. Wir

müssen mit einander reden.

Bild 53

Peggy steht vergnügt an einem der
Stehtische, trinkt Capuccino, ißt einen Kuchen, Felix tritt herein und
tritt zu ihr.

Felix
Peggy, gratuliere! (Peggy grinst
breit) Du hast meinen Chef zur
Schnecke gemacht. Er war schleimig
freundlich. Und von Kündigung will
er natürlich nichts mehr wissen.
Ein Missverständis. Wir kann ich
dir nur danken? (Er gibt einen Kuss
auf die Wange)

Peggy
Oh, die Honorarrechnung folgt
noch. Ich hoffe, dass du eine
Rechtsschutzversicherung hast.

Felix
(unsicher, ob sie es ernst meint)
Nein, hab' ich nicht.

Peggy
Nein? Wie leichtsinnig. Du tanzt
mit einer Rechtsanwältin und hast

keinen Rechtsschutz? Stell' dir vor, du trittst mir auf einen meiner schönen Füße, mein großer Zeh wird verunstaltet, von den Schmerzen mal ganz abgesehen, mein großer Zeh wird also verunstaltet — du würdest deines Lebens nicht mehr froh.

Felix
Gott sei dank sind wir nicht in den USA.

Peggy
In Amerika würde ich durch einen verunstalteten großen Zeh Millionärin.

Felix
Ich bin dir noch nie auf die Zehen getreten.

Peggy
Da hast du auch wieder Recht. Was deinen Chef betrifft: Falls er mal wieder auf dumme Gedanken kommt, winke einfach mit deinem Behindertenausweis. Aber jetzt, lieber Felix, muss ich ins Büro zurück. Wir sehen uns dann heute Abend im Tanzsportzentrum.

Felix

Heute Abend? Wir sind gerade erst aus Paris zurück.

Peggy

Du kannst gar nicht früh genug damit anfangen, mein Anwaltshonorar abzuarbeiten, mein Lieber. (Gibt ihm Wangenküsschen; dann zu Marina) Ciao, Marina. Die Rechnung begleicht Herr Hansen hier.

Marina

Ciao, Dottoressa. (kommt hinter der Theke vor, räumt das Tischchen ab und fragt) Auch einen Kaffee?

Felix

Einen doppelten Espresso — und einen Grappa. Was gucken Sie so, Marina?

Marina

Sie hat Sie geküsst?

Felix

Einfacher Wangenkuss.

Marina

Das habe ich gesehen.

Felix
Machen wir so in Tangokreisen.

Marina
Ah, Dottore, Sie sind mir untreu
geworden. Sie tanzen Tango mit ihr!

Felix
Marina, Sie wollen ja nicht. Im
Übrigen tanze ich mit Dutzenden von
Frauen. Jede tanzt anders. Das ist
ja das Spannende daran. Probieren
Sie es doch einfach auch einmal!

Marina
Mit Dutzenden von Männern.

Felix
Zuerst mal mit mir.

Marina
(lacht, zeigt ihm die Schulter und
sagt zurückschauend) Ihren Expresso
kriegen Sie und Ihren Grappa.

Bild 54

Neuer Tag. Felix und Peggy treten aus
einem Schnellimbiss nahe dem Bürogebäude, in dem sie arbeiten. Besagte
Politesse kontrolliert die Parkscheine
der in der Straße parkenden Autos. Die

Politesse sieht die beiden und winkt.
Felix und Peggy schauen sich fragend
an.

Politesse
Hallo, Felix! (Betont Peggy
nicht beachtend, tritt sie zu
ihm und gibt ihm Wangenküsschen;
Felix völlig erstaunt)
Erinnerst du dich nicht mehr?
Die große Silvestermilonga im
Kongresszentrum. Wir haben damals
ausgiebig mit einander getanzt.
Marion. Ich bin die Marion.

Felix
Marion.... na, vielleicht sieht
man sich ja mal wieder bei einer
Milonga. Entschuldige, aber ich
muss ins Büro zurück. Tschüss.

Politesse
Tschüss, Felix.

Felix eilt Peggy nach, die weiter
ging. Er erreicht sie im Gebäude vor
dem sich gerade öffnenden Aufzug, in
den beide eintreten.

Bild 55

Peggy und Felix fahren gemeinsam im

Fahrstuhl hoch.

Felix
Guck mich nicht so an, Peggy! Ich
habe...

Peggy
...mit Tausenden getanzt.

Felix
Ich hab sie wirklich nicht wieder
erkannt.

Peggy
...in ihrer schicken Uniform.

Felix
Das ist nicht fair.

Peggy
(drückt auf den Stopp-Knopf, der
Fahrstuhl hält zwischen zwei
Stockwerken; sie packt Felix an
seiner Jacke und zieht ihn an sich
heran) Wie kommst du darauf, dass
ich mit dir fair sein sollte?
Jetzt hör' mal her, mein lieber
Tanguero! Die Geschichte von den
tausend Tangotänzerinnen — ich
will sie nicht mehr hören. Die
Mädchensammlung...ich meine: die
Märchenstunde ist zu Ende. Ich
bin die Tausendundeinste kapiert.

(Sie küsst ihn) Ich könnte dich
auffressen.

Sie setzt den Fahrstuhl wieder in Bewegung, sie steigt aus — und Felix,
der eigentlich höher fahren muss, geht
mit zur Tür der Anwaltskanzlei, die
Peggy öffnet. Beide stehen erstaunt da.

Bild 56

Wanda steht auf ihrem Schreibtisch mit
dem Vogelkäfig in den Händen, über ihr
auf der Deckenlampe der Kanarienvogel.

Wanda
Tür zu! Tür zu! (Felix schließt die
Tür) Helfen Sie mir, bitte! Er ist
mir entwischt beim Füttern! Spatz,
Spatz!

Felix
Spatz? Ich seh' nur einen
Kanarienvogel.

Peggy
So heißt der bescheuerte Vogel.

Felix
Wanda, lass mich mal ran. Ich
bin größer als du. (Wanda steigt
herunter, Felix hinauf, doch der

Vogel fliegt weiter weg)

Peggy
(genervt) Wanda, rufen Sie den
Hausmeister!

Wanda
(telefoniert) Hallo, Herr Kunz,
hier ist die Anwaltskanzlei Dr.
Freier im dritten Stock. Können Sie
uns bitte helfen. Unser Vogel..

Peggy
(sarkastisch wiederholend) Unser
Vogel!

Wanda
...ja, der Kanarienvogel ist aus
dem Käfig...Danke, danke....(zu
Peggy) Der Hausmeister kommt. (Es
klingelt an der Tür)

Peggy
Kann der fliegen?? (öffnet die Tür,
dort steht ein Postbote)

Postbote
Ein Express-Einschreiben für
Anwaltskanzlei Dr. Freier.

Wanda
Tür zu! Tür zu!

Peggy

(zieht den Postboten herein)
Kommen Sie herein! (Sie schließt
die Tür hinter ihm, quittiert für
das Schreiben) Wenn Sie schon da
sind, können Sie vielleicht helfen,
diesen Vogel da einzufangen. (Gibt
ihm ein dickes Trinkgeld)

Postbote

(zu Felix, der auf dem Sessel steht
und sich vergeblich müht, den
Vogel zu erwischen) Lassen Sie mal
mich ran! Ich bin größer als Sie.
(Während auch er sich vergeblich
bemüht, klingelt es wieder)

Peggy

(öffnet die Tür, zwei Möbelpacker
mit einem großen Paket)

1. Möbelpacker

Das bestellte Regal...

Wanda

Tür zu! Tür zu!

Peggy

Sie hören es. Herein mit Ihnen und
legen Sie Hand an (auf den Vogel
deutend).

1. Möbelpacker
(nachdem er und sein Kollege zunächst verwundert die Lage betrachten, zu Postboten) Lassen Sie mal uns ran. Wir wissen zuzupacken. (Aber auch die beiden bemühen sich vergebens; es klingelt wieder an der Tür)

Peggy
(verdreht die Augen, öffnet die Tür, vor der ein älterer Herr steht) Ah, endlich der Hausmeister.

Klient
(erstaunt) Nein, Meier mein Name, ich habe hier einen Termin.

Wanda
Tür zu! Tür zu!

Peggy
Kommen Sie herein, Herr Meier. (Schließt die Tür hinter ihm) Entschuldigen Sie das Durcheinander. Aber vielleicht kennen Sie sich ja mit Vögeln aus. Der da (deutet auf den irgendwo sitzenden Kanarienvogel) ist uns entwischt.

Klient
(verwirrt, nähert sich dem auf

einer Konsole sitzenden Vogel)
Vielleicht kann ich ihn herunter
locken. (Spitzt die Lippen und
flötet — vergeblich; es klingelt
wieder an der Tür)

Peggy
Ich werd' noch verrückt! (öffnet,
Hausmeister mit Schmetterlingsnetz)

Wanda
Tür zu! Tür zu!

Hausmeister
Sie haben mich gerufen.

Peggy
(zieht ihn herein, schließt die
Tür) Der Hausmeister, endlich. Sie
kommen wie gerufen.

Hausmeister
(zu den anderen) Lassen Sie mich
mal ran. (Versucht vergeblich, den
Vogel mit dem Netz einzufangen)

Jetzt versuchen bis auf Peggy alle mit
vereinten Kräften, den Vogel in eine
Ecke zu treiben. Peggy hat sich in den
in eine Ecke geschobenen Sessel gesetzt, den Käfig auf den Schoß genommen, stützt sich darauf und wechselt
zwischen ungläubig, verzweifelt und

Lachen. Alle anderen drängeln sich, behindern sich gegenseitig, rufen durcheinander, darunter Wanda mit ihrem „Spatz, Spatz". Der Klient spitzt immer wieder die Lippen und flötet.

Hausmeister
Aus dem Weg!

Wanda
Spatz, Spatz!

1. u. 2 Möbelpacker
Wo sind hier Spatzen?

Wanda
Au! Mein Fuß!

Felix
Leimruten!

Postbote
Ein Luftgewehr!

Klient
Passen Sie doch auf!

Peggy
(ruft plötzlich mit lauter Stimme)
Aufhören, aufhören! (alle blicken zu ihr. Der Vogel sitzt in der offenen Käfigtür. Alle erstarren, mucksmäuschenstill, blicken wie

gebannt auf den Vogel, der sich
dann bequemt, in den Käfig zu
hüpfen. Peggy schließt schnell das
Türchen.

Bild 57

Im Yogaraum stehen alle auf einem Bein
in Baumhaltung. Stille.

Yogalehrerin
Danke, das war's für heute. Noch
einen schönen Abend. Bis zur
nächsten Woche.

Die Teilnehmerinnen ziehen sich an/um
und verabschieden sich unter Küsschen,
Tschüss und Ciao. Peggy bleibt halb
umgezogen noch sitzen, die Yogalehrerin setzt sich zu ihr.

Peggy
Das war wieder einmal sehr schön
mit dir.

Yogalehrerin
Und bei dir geht es ja auch wieder
prima. Es geht mich ja eigentlich
nichts an...aber damals bei deiner
Trennung und Scheidung hattest du
schon mal so einen Einbruch...

Peggy
Ja, dann kamen sozusagen die
Nachwehen...und jetzt...

Yogalehrerin
Und jetzt ein neuer aufbauender
Mann? (Peggy sagt nichts, lächelt
nur)

Bild 58

Felix sitzt allein im Großraumbüro,
Nachtschicht, verfolgt News auf dem
Bildschirm, nippt an einem Tee, sein
auf dem Schreibtisch liegendes Handy
klingelt)

Felix
Ja?

Peggy
Hallo, Felix, stör ich?

Felix
Hallo, Peggy. Nein, du störst
nicht. Scheint eine ruhige Nacht zu
werden. Du bist noch auf? Wie war
das Yoga?

Peggy
Das Yoga? Oh, ich werde immer mehr
zur Lotosblüte. Und jetzt liege ich

im Bett — allein.

Felix
Und ich sitze am Schreibtisch —
allein.

Peggy
Felix, ich glaube...ich liebe dich.

Felix
(mit liebevoller Ironie) Mich?

Bild 59

Im Backshop einige Kunden, darunter
Peggy und Felix, die nebeneinander
stehen.

Marina
Wer ist der Nächste?

Peggy/Felix
Wir.

Marina
(guckt fragend) Wer nun?

Peggy
Zwei Croissants.

Felix
Und eine Butterbrezel. Keinen

Cappuccino heute. Ich bin zum Kaffee
eingeladen.

Peggy
Und ich bezahle.

Marina
Macht 3 Euro 50 zusammen. (Peggy
bezahlt) Danke.

Peggy/Felix
Ciao, Marina.

Marina
Einen Augenblick, Dottore! Ich habe
mit meinem Mann gesprochen. O.k.
mit Tango.

Felix
Ja? Da sprechen wir morgen drüber,
Marina. Ciao.

Bild 60

Vor dem Backshop.

Peggy
Was soll das heißen mit Marina?

Felix
Ich habe sie vor langer Zeit mal
gefragt, ob sie nicht Tango tanzen

lernen will.

Peggy
Ich bin sprachlos.

Felix
Das wäre das erste Mal. Glaub mir:
Ich hatte sie gefragt, lange bevor
ich dich kennen lernte.

Peggy
Das kann jeder sagen.

Felix
Sag mal, Peggy, bist du auf die
Kleine etwa eifersüchtig?

Peggy
Eifersüchtig??? Ich??? Wie kommst
du denn darauf?

Felix
Du bist eifersüchtig. Wie süß!

Peggy
Nenn mich nicht süß! Das ist
ja pervers...mein alter Freund
Thomas....

Felix
Wer ist Thomas?

Peggy
Mein Freund Thomas...

Felix
Wer zum Teufel ist Thomas?

Peggy
Thomas ist ein ungeheuer charmanter
Mann mit graumelierten Schläfen
und....Felix, bist du auf den alten
Herrn etwa eifersüchtig?

Felix
Eifersüchtig??? Ich??? Wie kommst
du denn darauf? Thomas oder
Fantomas, mir doch egal....Ist er
ein Tangotänzer?

Peggy und Felix gehen diskutierend und
gestikulierend über die Straße zum Bü-
rohaus; Verkehrslärm, der in Tangomusik übergeht.

Abspann

Vom selben Autor sind bereits erschienen

Tango Tenebrista. Ein Schmöker zum dramatischen Helldunkel von Tango Argentino, Sex & Crime

In der Berliner Tango Argentino-Szene ist Macho Max Manner ein bekannter Tänzer. Fasziniert von ihm ist auch der androgyne Andreas Dell'Angelo, der an der Musikhochschule Cello studiert und Tangos komponiert. Doch der ehemalige Akkordeonspieler Max würdigt den "Knaben, der weder Mann noch Frau ist", keines Blicks. Dann überschlagen sich die Ereignisse: Andreas und Max werden unabhängig von einander Opfer "Stalins", eines sadistischen Bosses der Russenmafia. Jeweils bestialisch misshandelt beginnt für beide ein dramatisch neuer Lebensweg. Wider Erwarten finden die zwei als Paar zusammen: als Tango-Orchesterduo und als Tänzer. Da kreuzt der Mafiaboss erneut ihren Weg – und der verhasste "Stalin" findet ein gewaltsames Ende. Die Kriminalpolizei ermittelt, aber es bleibt ungeklärt, ob Max und "Andrea" in den Fall verwickelt sind oder nicht. Die Sache scheint vergessen, doch spitzt sich die Lage traumatisch zu, als das Duo in Moskau bei einem Tangofestival aufspielt. Nur für einen von den beiden gibt es, zurück in Berlin, ein ironisches Happyend.

Tango up & down

Roman

Olga und Karl, genannt Kalo, sind seit über zwei Jahrzehnten verheiratet und haben sich nichts mehr zu sagen. Was sie noch mit einander verbindet, ist die gemeinsame Leidenschaft für den Tango Argentino. Olga, ein weiblicher Don Juan, beutet ihren Mann sexuell aus und wildert unter Tangotänzern, während Kalo von Eskapaden höchstens träumt. Doch da lernt er eine junge Frau mit Down-Syndrom kennen. Eva ist lernbehindert, aber eine talentierte Tangotänzerin. Die Zynikerin Olga ermuntert ihren Mann zu einem Abenteuer mit der „unschuldigen Kleinen", die aber bei Kalo Vatergefühle weckt. Im Leben des Ehepaars erweist sich Eva als Sprengkraft.

Beide Bücher sind zum Preis von jeweils 8,90 Euro erhältlich über Buchhandlungen und Online-Buchläden.

Simone Rosenow
art & grafikdesign
www.simone-rosenow.de

Malena Tango

Tangoschuhe aus Leidenschaft

Inh. Angelika Massler

Infos und Termine:
www.malenatango.de
info@malenatango.de